有爱的青春陪伴者

图书在版编目（CIP）数据

上岸 / 时玖远著. -- 南京 : 江苏凤凰文艺出版社, 2024. 10. -- ISBN 978-7-5594-8887-9

Ⅰ. I247.5

中国国家版本馆CIP数据核字第2024R84T30号

上岸

时玖远 著

责任编辑	王昕宁
特约编辑	雪　人
出版发行	江苏凤凰文艺出版社
	南京市中央路165号，邮编：210009
网　　址	http://www.jswenyi.com
印　　刷	长沙鸿发印务实业有限公司
开　　本	880mm×1230mm　1/32
印　　张	9
字　　数	161千字
版　　次	2024年10月第1版
印　　次	2024年10月第1次印刷
书　　号	ISBN 978-7-5594-8887-9
定　　价	42.80元

江苏凤凰文艺版图书凡印刷、装订错误，可向出版社调换，联系电话025-83280257

目录
CONTENTS

上　卷 / 她的岸　　001

第一章 / 就选他　　002
第二章 / 憋气　　015
第三章 / 我害怕　　028
第四章 / 救命稻草　　039
第五章 / 夜有所梦　　050
第六章 / 怕水的记忆　　064

第七章 / 安全感　　073
第八章 / 遇见你　　083
第九章 / 世界静止　　091
第十章 / 吸引力　　103
第十一章 / 幸运儿　　114
第十二章 / 阮阮　　123
第十三章 / 愿你安好　　134

目录
CONTENTS

下　　卷 / 他的岸　　　148

第十四章 / 真相　　　149

第十五章 / 重逢　　　161

第十六章 / 留个纪念　　　175

第十七章 / 泳池等你　　　184

第十八章 / 他是谁　　　196

第十九章 / 玩游戏　　　205

第二十章 / 疯狂的事　　　218

第二十一章 / 交往　　　227

第二十二章 / 上岸　　　239

番　　外 / 纸船　　　258

作者后记 / 循环梦境　　　273

·上卷

她的岸

第一章 / 就选他

阮茶没打算今天会踏进健身房的大门，这大概要归功于那位姓陈的销售连续五天不间断地打电话营销她。就在两个小时前，陈姓经理不停地用微信"轰炸"她，言辞急切地表示今天是月底最后一天了，史无前例的大优惠，为了冲业绩特地向领导申请的打折方案，机不可失，时不再来。

阮茶算了算打折后省下来的钱，到底还是动摇了。

说来这家叫"速搏"的健身房她并不陌生，开在她家附近地铁站旁已经有一年了，当初开业的时候，阮茶每次下地铁都能收到其办卡传单。

一年前，她刚进入公司实习，作为一个新晋"社畜"，工作忙成"狗"，工资少得可怜，没时间也没有多余的预算用在健身上面，况且仗着年轻身体耐抗，她也不觉得健身和目前的自己有多大关系。未承想，一年后终究是迈入了这家健身房的大门。不过，目的并不是为了健身，而是她需要一名游泳私教。

张经理看上去比阮茶大不了两岁，是个戴着眼镜、法令纹略深的瘦矮姑娘，她早早就到健身房前台等阮茶。

阮茶一踏进门，张经理就挂上亲切的微笑向她迎来，热情得仿佛见到行走的人民币，张口欢迎道："你就是阮小姐吧？我是张钰。"

"你好，张经理。"

外面滚滚而来的热浪，被健身房里的冷气吹散了些，阮茶穿着简单的七分裤和短袖衬衫，一路走来额上已经渗出细密的汗珠。

张经理将她带到休息区，给她点了一杯星冰乐，没急着让她签合同，而是和她拉了几句家常。

几口冰饮下肚，阮茶感觉舒爽多了。咖啡当然是张经理私人请的，舍不得孩子套不着狼，同是营销行业的阮茶，看着面前的咖啡杯，感叹这行处处是学问，起码她对张经理的初步印象有了快速提升。

休息了几分钟后，张经理带阮茶大概逛了下健身房便直奔游泳馆了。泳馆在最里面，女更衣间可以直接通往那里，但由于她们没换泳衣，所以需要从外面的器械区绕行。

此时已过下班时间，器械区"撸铁"的人还挺多，好几个肌肉壮硕的男人穿着色彩鲜艳的小背心，不时发出那种让阮茶不大能理解的嘶吼声，听得让人脸色发烫。

阮茶路过时，几个人不约而同地停下手中的动作抬头朝她望去。

显然，一个身材匀称、脸蛋娇好的年轻女人引起了若干的注意。不一会儿，几个男人低笑着交头接耳了两句，眼里散发出"狼光"，这种被审视的感觉让阮茶不太舒服。

在来之前，她总是听办公室年纪稍长的同事提起，健身房就是个充满"人味"的地方，现在她多少能体会到这"人味"两个字被赋予的荷尔蒙气息。

绕过走廊迈上台阶，阮茶就闻到了游泳馆特有的氯气味，还有一种潮气扑面而来。她的脚步微微顿了下，脸色也有了细微的变化，只不过转瞬即逝就跟上了张经理，后者并未察觉到任何异样。

迈入游泳馆，入眼的先是浅水区。不知道是不是晚饭点的缘故，这会儿人不算多，两个小男孩在嬉戏打闹，家长坐在岸边的椅子上刷手机。

张经理介绍道："我们泳池一年四季恒温，定期换水，严格按照国家防疫要求，卫生问题你大可放心。很多会员都从体育馆转过来了，那边一到夏天跟下饺子一样，根本游不开，在我们这学游泳不用跟别人抢泳道，还是方便的。"

阮茶只是微微点点头。事实上，她从踏入这里开始身体就有些僵硬，加上游泳馆温度比外面高，胸口发闷，有种呼吸不上来的感觉，鼻尖不知不觉又冒了汗。

张经理问道："你想学什么泳？"

阮茶吞咽了一下，回："最简单的，能游起来就行。"

"那就是蛙泳了。"

张经理适时接道："要不我们进办公室聊吧，凉快点。"

就在阮茶跟着张经理沿泳池边往办公室走时，深水区突然一道人影伴着白色翻滚的水浪就朝着这头游来。阮茶定睛一看，水中那人双臂同时伸出水面，爆发出蓬勃的力量向前划进，几乎是眨眼的工夫，阮茶甚至都没看清他是怎么游的，男人已经以惊人的速度游到她的面前，他身体却并没有探出水面，而是在水下灵活翻转然后切换成自由泳往返于对面，那速度像离弦的箭，令人乍舌。

对于阮茶这种旱得不能再旱的旱鸭子而言，心中只有一排"666"飘过，就差把羡慕打脸上了。

张经理在一旁说道："我们这里很多教练是体校毕业的，国家二级运动员。你先学会蛙泳，感兴趣还可以再学学自由泳，进来看下课程吧。"

就在阮茶准备收回目光的时候，她看见那个男人终于探出水面，隔得很远，看不清具体长相，只匆匆一眼，浓黑的英眉给阮茶留下了深刻的印象。

她转身走进办公室，张经理拿出课程单给她。阮茶本来打算先买十节课试试，但显然买得越多优惠力度越大，最后签合同的时候鬼使神差地买了二十节课，一个月工资就这么刷出去了。

接下来是选教练。办公室后墙上有教练员的介绍，上面列出了在职游泳教练的一些证书和比赛成绩。

张经理介绍道："你可以先看下教练的背景，不过放心，我们这里的教练都是受过正规培训、具备教练员资格证的，技术都没问题，就是每个教练的风格不一样。现在快要进入暑期，老教练的课程都很满，还有团课要带，时间安排满的暂时可能就不收新学员了，你要是没有指定的教练，我可以给你安排。"

阮茶的眼神在每个教练员的照片上来回扫视着，她想找到刚才在外面游泳的那个教练，直觉上那个教练很牛的样子，跟着他学应该靠谱。

但是，她扫视了一圈似乎并没有那个人的照片。就在她准备开口询问时，"咚咚"两下敲门的声音响起，随即办公室的门被人从外面打开了。

阮茶和张经理几乎同时回头，就见一个身材高大的男人穿着黑色泳裤、踩着双运动拖鞋从外面走了进来。

男人的肩膀上披了条蓝白相间的浴巾，耳朵上戴着一款造型独特小巧的黑色耳机，晶莹的水珠顺着偾张流畅的肌肉缓缓下滑，精窄的腰下是一双引人注目的大长腿，目测这人身高最起码有一米八五。

阮茶呼吸一滞，突然感觉整个空间都随着这个高个男人的闯入而震了震。

不过高个男人并没有理睬她们，而是径直走向办公室靠里坐着的一个男人，出声时，那略低的嗓音让阮茶第二次动了下眼睫，只听见他开口道："要我签的东西。"

原本坐在桌前的人打开抽屉开始翻找起来，整个办公室只能听见纸张翻页的声音。阮茶呆愣过一瞬后，转向张经理，说道："我就选他吧。"

"啊？"

伴随着张经理还未反应过来的错愕声，高个男人显然也听见了这句话，他立即转过视线，眼神扫向阮茶的那一瞬，"嗡"的一声，阮茶只感觉到像有什么东西猛地敲击着她的脑袋瓜，让她的思绪有片刻混乱。

准确来说，是这个男人的眼神，她似乎从未接触过如此锋锐的眼神，像料峭的匕首，又像结满冰晶的霜，寒冷却也危险，甚至充斥着一定的威慑力。

与此同时，桌上的座机响了。那个坐着的男人接起电话说了几句，挂断后抬头对张经理道："你是不是还约了其他会员？说在前台等你十分钟了。"

张经理匆忙拿出手机看了眼短信，而后对阮茶说："抱歉，我去安顿一下。你先看着，等我两分钟。"

坐着的男人插话道："你合同签过了？要不给我吧。"

张经理如释重负，对阮茶介绍道："这位是游泳部的陶主管，负责管理教练员的，对他们更了解。要不让他帮你选？"

阮茶无所谓道："行，你先忙。"

张经理匆匆离开后，陶主管终于从凌乱无序的抽屉里翻出那沓纸质东西放在站着的高个男人面前，对他说："这个月要签的就这么多。"

高个男人半弯下腰，快速翻阅那些打印出来的纸张。阮茶不知道这教练是不是在核对所带的课程，只见他弯下腰后，精瘦的腹肌在浴巾下被挤压得若隐若现，再下面是略紧的泳裤，阮茶的视线猛然刹住，自觉再瞧下去就过分了。

她觉得既然花了钱，理应挑选一位技术和颜值乃至身材都十分在线的教练，毕竟后面还有二十节课要相处，不能亏待了自己。

于是她再次提道："陶主管是吧？如果可以的话，我就选这位教练吧。"

翻阅纸张的高个男人没有抬头，甚至连手都没停，倒是陶主管双手撑在脑后，往椅背上一靠，半笑不笑地看着旁边的男人，慢悠悠道："他啊？"

这陶主管年龄不算大，看着也不严肃，用开玩笑的口吻又问了高个男人一句："你收吗？"

"不收。"高个男人眼皮子都没掀一下，冷淡地回道。

阮茶想到刚才张经理的话，现在是学游泳的旺季，貌似这里比较厉害的教练课程都安排满了，但想到自己一个月工资花下去，却要跟着个新教练，难免觉得不值。

于是她几步靠近高个男人，诚恳道："你是不是课程比较多啊？我不急，可以等一段时间。"

高个男人伸手从笔筒里拿起一支笔，利落地在纸上签上自己的大名。阮茶顺着男人骨节分明的手指看去，落笔苍劲的两个字：陆勋。

她声音带着两分示好，继续游说道："陆教练，或者你看你什么时候有时间，我工作比较灵活，可以配合你。"

陆勋直起身子合上笔盖转向她。这一次他的视线在阮茶脸上停留了几秒，算是打量，更像是审视。

陶主管在旁插道："要不我给你安排其他教练吧？"

阮茶的语气却有些笃定："是这样的，我刚才看见陆教练游泳了，觉得很厉害，想跟着他学。不是说可以自由选择教练吗？"

她见两人都无动于衷，声音提高了几个分贝，拿出了消费者的气场："不能因为厉害的教练没有课时，就把我安排给新手教练吧，我既然买了课，当然想跟着厉害的教练学了。"

陶主管眉梢动了动，转向陆勋，笑道："她觉得你厉害。"

陆勋敛起视线依然淡漠地搭了腔："眼光精准。"

阮茶一时间语塞，不知道这位陆教练是在夸她，还是在自夸。

陶主管打了个圆场，对陆勋说："晚上还有几个幼儿园的过来，丁峰他们几个也忙，反正你每天都在，带带她吧，成人，学得快。"

陆勋撇了撇嘴，表情有一丝不悦，但也没说什么，丢下一句："我去换衣服。"然后就这样出去了。

阮荼回头瞧了眼，问陶主管："他这是收我了？"

陶主管笑道："你留个微信吧，我等会儿让他加你，你们约下上课时间。"

从游泳馆出来，阮荼没立即离开，她又绕进女更衣间和跑步机那头转了一会儿才往外走。刚出健身房大门，右边便是个二楼平台，此时夜幕降临笼罩着整个平台，漆黑一片。

阮荼余光瞧见有火星子忽明忽灭，她侧过头去，看见一道人影双手撑在二楼平台的护栏上，手指间夹着一根烟。

会让阮荼停住脚步是那过于标志性的长腿，只不过此时陆教练套上了运动裤，上身一件简单的白T恤，明明应该是略微宽松的款式，却被他偾张的背脊拉出一道性感的弧度。

阮荼朝他走去，看见他依然戴着那个造型特殊的黑色耳机，她在黑暗中叫了他一声："陆教练。"

陆勋侧过头来，目光平直地瞥向她，像雷达无形的扫射。就这样一个眼神，足以让阮荼觉得些许紧张。虽然她并不知道她在紧张什么，明明自己花钱上课，怎么说也应该是半个"上帝"，但是"上帝"在陆教练肃杀的气场下，瞬间被秒成渣渣。

不过阮茶觉得还是有必要和他沟通一下，于是走到陆勋面前问道："明天你几点有空？"

"下午六点。"他的声音依然低沉，没什么波澜。

"那我六点过来找你，需要准备什么吗？"

陆勋灭了手中的烟，平淡道："泳衣、泳镜、泳帽。"

"……没有了？耳塞、鼻塞那些需要吗？"

"没有必要。"陆勋直起身子，影子瞬间拉长笼罩着阮茶。

本来阮茶觉得这些还是很有必要的，不然鼻子、耳朵进水多难受，但是陆勋一句云淡风轻的话莫名给人一种信任感，让她打消了疑虑，接着问道："泳衣有什么要求吗？"

一声短促的轻嗤从陆勋的喉咙中发出，很轻，轻到几乎微不足道。

几节课就能学会的蛙泳，面前姑娘过于认真严谨的询问仿佛要跟他上前线打仗一样，难免让陆勋觉得小题大做。

他随意地回道："你觉得好看就行。"

阮茶也感觉到自己可能有那么一点点被嘲笑了，只是陆教练的嘲笑不太明显，她也不太确定。

阮茶没有多留便和陆勋说："明天见。"

陆勋也只是轻点了下头。

她刚走,张经理就匆忙找来,满脸歉意地说:"不好意思,陆先生,我刚刚才听说那个会员执意要您当她教练,我待会儿就打电话跟她沟通,给您添麻烦了。"

陆勋眼睫下垂,看着刚从一楼走出去的那道背脊挺直的小身影,嘴角无所谓地轻轻斜了下:"不用,就这样吧。"

第二章　激忿之气

阮茶本以为陆教练晚上会加她微信，但直到睡觉前手机都没有任何动静，让她不免觉得陆教练这样一点都不积极的工作态度，除非授教技术过人，在业界小有名气，否则会饿死。反正第二天还要见面的，她便也没多想。

阮茶倒是有套泳衣，还是上次公司组织团建去海边拍照穿的，有些小性感、小妩媚、小露骨。考虑到陆教练是男的,为了避免不必要的尴尬,她第二天中午还是抽空去买了套保守点的泳衣。

新泳衣是连体的,拉链到胸口以上,收腰黑白相间,有个很小的裙摆。虽然该遮的地方遮住了,也算是个比较正经的运动款泳衣,但胸部那里的弧线图案依然被撑变了形。

阮茶不算特别瘦的类型,倒也不胖,有点小肉,都长在该长的地方,特别胸前那呼之欲出的弧度总是让她时常感到困扰。

例如此时,她已经穿得如此保守,但站在泳池边依然吸引了一些奇奇怪怪的目光,让她极其不自然。

她下意识地满场寻找陆教练的身影。在对面的角落,她锁定了目标,正背对着她跟人说话。

为什么阮茶能一眼找到他,源于陆教练在这片泳馆得天独厚的身高。

阮茶有些紧张和期待地朝自己的教练走去。能迈出学游泳这一步,对她来说不容易,为什么偏偏选择陆教练,她说不上来,就像示蜜鸟依赖蜜獾的皮毛,寄居蟹需要海葵的毒液,斑马依靠羚羊的警觉性,这是一种动物的本能。陆教练给阮茶一种安全感,如果硬要选择一个人带她下水,她潜意识觉得陆勋是个可靠的人。

来到近前,陆教练似乎才注意到阮茶,他先是不咸不淡地瞥了她一眼，好像一开始压根儿没认出来似的，见阮茶乖乖地待在他身边不动，才又侧过头再次看向她。

也不怪陆勋第一眼没认出她，昨天她披着头发，穿得还算都市丽人。今天她将泳衣一换，头发藏进泳帽里，那过于火辣的身材让她仿佛完全变了一个人，唯独不变的是那双盯着水池有些胆怯的眼。

陆勋回头看了眼泳馆墙上的钟，17:50。他侧向另一边对着坐在椅子上玩手机的孙教练说："你带她热个身。"说完便没再搭理阮茶了，继续跟面前的中年男人交谈。

第一天上课陆教练就把她交给了别人，阮茶有些不满，努了一下嘴。陆勋侧眼捕捉到了她的小表情，没有回应，又默默将视线移开了。

被陆教练临时安排过来带着阮茶热身的孙教练倒是十分热情，整个热身过程不停地和阮茶闲聊，还主动帮阮茶按住脚踝，让她平躺在软垫上做仰卧起坐。

阮茶觉得面前孙教练的态度比自己的教练好多了，但她还是会下意识地关注陆教练那边的交谈有没有结束。

不多会儿，陆勋朝阮茶走了过来。此时他们也差不多热完身了，孙教练低声和阮茶说："待会儿加我微信，以后不懂的也可以找我。"

这句话说得飞快,按理说这音量陆勋不可能听得见,但奇怪的是他依然盯着孙教练看了眼。

孙教练离开后,阮茶为了证实自己的猜测,试探地问了陆勋一句:"你不介意吗?"

陆勋将T恤脱了放在旁边的架子上,又弯下腰脱运动裤,回道:"介意什么?你想跟着他学去就是了。"

阮茶有些错愕,一是因为陆勋还真听见孙教练对她说的话了,那么远的距离,简直不可思议。二是因为她确定陆勋不是在跟她开玩笑,她深刻怀疑她要跟着孙教练,他会马上放她走,毫不挽留。

阮茶认为孙教练那样才应该是私教拉业绩该有的正常状态,反观陆教练,这业务做得也太佛系了,能带到学员吗?

正在阮茶出神之际,陆勋已经将衣物脱了,仅剩一条五分泳裤站在她面前,侧面简约的白色字母包裹着完美的腿部肌肉线条,把阮茶的思绪瞬间拉回到他身上。

陆勋有着一双浓黑的眉毛,眉尾整齐上扬,如锋利的剑,看着一个人的时候,会无形施加一种压迫感。就像此时,他双眼锁住阮茶,对她道:"上课前,有一点要跟你强调,每个礼拜保证四天课时,能办到吗?"

阮茶想了想说:"要是有事可以请假吧?"

陆勋毫不迟疑地回答她:"请假超过三次我会把你移交给其他教练。"

她心里想着这么不近人情的吗,嘴上却说:"我尽量天天来,学快点。"

然后,她又道:"对了,我叫阮茶,教练你可以叫我阮阮。"

陆勋平淡地掠了她一眼转身丢下一句:"下水。"

陆勋刚往前走两步,发现身后没有动静。他回头看去,阮茶的确很听话,下了水,只不过直接去了浅水区。

陆勋轻轻"啧"了一声,对她挥了下手:"去深水区。"

刚入水的阮茶冷得抱着胳膊,有些发抖地看着深水区那边,挪到泳池旁仰着脖子对着巨人般的陆教练小声道:"我有点怕水,能不能先在浅水区学习?"

这里只有 0.7 米深,她大半个人都露在外面,可能是明天周末的原因,今天浅水区小朋友特别多,周围全是小孩拿着漂浮板和漂浮棍互砸,水花溅得到处都是,无比混乱嘈杂。

陆勋的视线淡淡地扫视着阮茶身边的小朋友们,略微蹙眉,道:"上来。"

没有商量的余地。

阮茶又再次从浅水区爬了上来,并且是小心翼翼地走到手扶梯处再谨慎地踩了上来。

陆勋已经立在深水区池边等她。深水区泳道里很多是经常过来游泳的成人会员，整天泡在这儿，和陆勋也熟。有人喊他："陆哥，不是游过了吗？我以为你走了。"

陆勋朝那人点了下头："带个学员。"

说完，陆勋眉眼扫向阮茶。她加快了几步，伸头看了眼深水区的水，又立马退后了几步，手肘一下子撞上陆勋的胳膊，她赶忙回头。陆勋动都没动，眼皮下垂对她说："这边只有一米二，顶多到你胸口，下水吧。"

深水区一共四个泳道，只有最里面的泳道有扶梯延伸到水里，阮茶刚准备往那走，陆勋像是预料到一般，开了口："去第一道。"

"可是，我不好下，能不能去第四道？"

"你能踩到底，去一道。"

依然是不容置喙的口吻。

阮茶感觉自己选的这个教练不太好说话，什么都要跟她反着来，她甚至怀疑陆教练是不是根本不想带她，处处刁难她。

她在心里腹诽完，继而坚持："我知道能踩到底，去四道不行吗？"

陆勋放下抱着胸的胳膊，垂下眼睫看了眼阮茶，才对她道："四道有台阶，练习容易撞头。"

阮茶张了下嘴，最终闭上了。好吧，她可能误会陆教练了。

陆勋把耳朵上的耳机取下放到了一边的椅子上，阮茶则走到一道前，看着池中的水，忽然有些腿软。她先是坐在池边，把双腿没入水中，然后侧着身子慢慢翻转，最后半个身子死死扒住池边，停住了，似乎完全入水对她来说是件非常艰难和恐慌的事。

她就保持着这个僵硬的姿势有些无助地抬头瞧向站在一边的陆教练。

可能是刚才陆勋和旁边人的对话大家都听见了，此时周围的会员都伸头围观陆勋的"徒弟"，想着怎么也是懂点水性的，然后就看见卡在池边狼狈不堪的阮茶。一个大爷抬头对陆勋笑道："你这徒弟要下功夫了啊。"

陆勋低下头，面无表情地对阮茶说："自己下。"

话音刚落，陆勋直接跳入二道，水花溅得阮茶一身一脸，她依然非常狼狈地撑在岸边，一点办法都没有，并且胳膊越来越酸，此时心里只有一个想法，现在退款还来得及吗？

她把头往后扭，试图去找教练。除了陆勋刚入水时溅起的水花，之后便没了人影，二道水面上毫无波澜，她视线四处找寻也没有看见陆教练换气的身影，眼睁睁看着三道那位大爷从这头游到了那头也没见陆勋浮上来。

那一瞬，阮茶慌了。她有些着急地扶着一道和二道之间的漂浮绳,闭着眼心一横猛然落入水中。微凉的池水猝不及防地淹没到她胸前,冷得她倒抽一口凉气,整张脸都扭曲了,好在双脚着了地,让她松了口气。

阮茶睁开双眼在水中转身,赫然看见陆教练就站在她身后一米的距离,平静地守着她,她甚至不知道他什么时候游到一道来,并且待在她身边的。

阮茶错愕地盯着他,问道:"你刚才去哪儿了?"

陆勋向她走来,反问:"没看到我?"

阮茶确定地说道:"没啊,我找了半天没找到你人,你怎么换气的?"

陆勋嘴角似有若无地勾了下,很快恢复如常说道:"上课。"

很多人虽然不会游泳,但起码可以漂浮,陆勋看阮茶的畏水程度,直接就从憋气开始教起。

阮茶发现陆教练和人说话的时候眼睛会牢牢盯着对方,哪怕旁边的动静再大都不会让他的视线偏移分毫。那坚定的眼神让阮茶想到一种树,驻守在边疆千年不朽的白桦,经受严寒风沙却依然笔直。她想陆教练应该是个意志力很强的人,虽然第一次接触,但直觉是这样的。

阮茶很少会被人这么专注地盯着,思绪就跟这周身的池水一样晃晃悠悠，以至于陆教练嗓音低沉地问道："明白没？"

她也只是机械性地点点头。

"先憋口气我看看。"

阮茶吸了口气，憋住，腮帮子鼓得很大，眼睛也瞪大了。因为要下水的缘故，她没有化妆，皮肤底子还算好，脸蛋被撑圆后，嘴巴也自然噘了起来，泛着莹润的淡粉色，那模样着实有些像一条傻萌的河豚。原本一直盯着她的陆勋终于垂下眼睫，没有叫停，沉默地等着。

直到阮茶憋得脸颊通红也并没有坚持几秒，陆勋抬起眼皮问道："累吗？"

阮茶大喘了口气回道："累。"

"累就对了，你气没有完全吸进肺里，用喉咙吸气，让我听见你进气的声音。"

这就意味着阮茶需要在陆教练面前完成非常夸张的面部表情，还要发出声音。

泳道并不算宽，两人并排站着距离很近，水只到陆教练的腹部，他清晰的胸部线条和突出的锁骨在水珠的勾勒下让人不敢直视。

大三那年和顾姜分手后，阮茶没有再和任何异性接触过，平时和男同事相处也会有一定的距离感，面对一个长相英挺、身材性感的男人的注视，阮茶承认她无法把他当作一个单纯的教练，有了一种近似"偶像包袱"的情绪，无端忸怩起来。

她的眼神飘向另一边，再次鼓起了腮帮子。陆勋指尖沾水弹了她一下，毫不客气地道："你在害羞什么？看看多长时间过去了？浪费的是你自己的课时。"

本来阮茶被陆教练这可怕的眼神盯着就不太自然，他这么一说，她有种被人戳破小心思的窘迫感，更加不敢看他了。

陆勋没有继续为难她，转而说道："下水练习。"

刚才的憋气暂时驱散了紧张，让阮茶忽略了自己站在深水区的恐惧，然而随着课程的推进，她一下子又慌了，双手牢牢抓住池边，不停地深呼吸，做了好几次心理建设，每次下定决心把头往下伸，快到水面的时候又抬了起来，并且下意识地往陆教练那里移动，仿佛紧紧挨着他才能确保安全。

陆勋不着痕迹地往后退了一步，他们之间始终保持着一人的距离。终于，陆勋出声道："半节课过去了，我原本的进度是让你今天学会漂浮，现在你的脸还是干的。"

阮茶小声央求道："教练，你能离我近点吗？让我余光能看见你，不然我害怕。"

"你双脚踩在地上害怕什么？"

阮茶紧紧抿着唇,陷入了短暂的沉默。僵持片刻,陆勋朝她迈近算是妥协,漫不经心地问道:"你做什么工作?"

阮茶"嗯?"了一声,随即意识到陆教练在跟她聊天,她稍微放松了些告诉他:"在会展公司做营销策划。"

"工资高吗?"依然是闲聊的口吻。

阮茶回道:"我实习结束才半年,刚过五千。"

这算是他们第一次聊到和课程无关的话题,还是陆教练主动开启的,阮茶觉得陆教练一定是看她紧张,分散她注意力帮她放松来着。

结果下一秒陆勋便飘来一句:"你今天的工资已经被你磨叽掉了。"

阮茶脸色突然被打回原形,就知道陆教练没有那么和蔼可亲。她随即重新紧张起来,表情痛苦,仿佛水下有什么可怕的阻力。

如果面前是万丈深渊,即将蹦极的人站在崖边出现这种恐惧且反复的情绪还能理解,但是阮茶双脚踩地,双手还扶在池边,这在常人看来并不是一件特别困难的事。

陆勋又瞥了眼墙上的钟,微不足道地叹了声:"你刚才问我去哪儿了,想知道吗?"

阮茶转过头来,陆勋往后退了几步,对她说:"泳镜戴好,下来看。"

说完，陆勋一头扎进水中，身影渐渐消失不见。和刚才他下水时一样，水面毫无波澜，周围没有任何游动的痕迹。

起初十来秒钟，阮茶还踌躇着站在原地，后来连她也不知道过了多久，周围水波闪着旖旎的光，变化成奇幻的色彩。时间无限度拉长，让她失去了判断能力，好像才过去一秒，却长得仿佛十分钟掠过了，她依然不见陆教练浮上来，好似水下有什么她不知道的秘密通道，把这么高大的活人生生变没了，有好奇，也有些害怕。她手忙脚乱地戴上泳镜，猛地吸气扎入水中，霎时间，整个世界调成了另一种频率。

第三章 / 我害怕

透过泳镜，阮茶看见清澈的水下视线所及之处仿佛调成了慢动作，她好像看见了陆勋，在她的正前方几乎完全呈现静止状态沉在水底。他的双手没有任何滑动，只是放在身侧，身体仿佛贴着蓝白色瓷砖仅靠小幅度鞭腿缓缓朝她靠近。

和阮茶第一次看见他时完全不同，上次陆勋呈现出的泳姿是那样蓬勃汹涌，充满无懈可击的力量感和无法阻挡的速度。

可眼前的一幕截然相反。阮茶第一次看见有人可以把游泳变得如此舒缓和优雅，仿佛天生来自水下，不用刻意地摆动四肢就可以不费吹灰之力地走水，好似遨游在鄂霍次克海的逆戟鲸，悠闲自由，主宰着这片水域。

仅仅那么几秒钟，水往阮茶的鼻子里压去，她慌乱地探出水面。与此同时，陆教练也浮了上来，水珠顺流而下，他立在她的面前，身型高峻，垂头问她："怎么样？"

阮茶看了看旁边泳道各种泳姿的人们，有龇牙咧嘴换着气的大爷，有侧着身子以十分奇怪的姿势往前移动的年轻小伙，也有循规蹈矩蹬着腿的大姐。

她又将视线落回陆教练身上，这一眼过后，便万物不及。

她可以断定她的教练是整片泳池最厉害的存在，她问他："教练，你是怎么沉下去的？"

"潜泳。"

说完，他再次走到她身旁。

阮茶接着问道："难吗？我可以学吗？"

陆勋只是云淡风轻地说："先学会蛙泳吧，继续。"

在陆教练的引导下，阮茶双手扶着池边又练习了几次憋气。万事开头难，有了第一次的经验之后，虽然还是不太适应水下的压力,但好在阮茶也开始尝试了。

离下课只有十分钟,陆教练似乎还是想赶赶进度,叫停了她的憋气练习,说道:"后面教你换气的时候还可以慢慢练,现在看我双臂,平举找耳朵,同时憋气眼睛看池底,浮起来不难,记住两点,收下巴,肩膀放松,身体自然而然就起来了,你试试看。"

陆勋给她演示了一遍。阮茶发现他的胳膊真的很长,之前一直没怎么留意。看他演示挺轻松的,可换到阮茶后,她却双脚不敢离地。又开始进入憋气下水前的死循环了,阮茶双手就这么扶在池边,大口大口地深呼吸,紧张得脑袋瓜"嗡嗡"作响,手指扣着池边,指节都白了。

陆勋越盯着她,她就越紧张。他没再继续注视着她,而是偏开视线看向旁边的浅水区。丁教练跟他打了声招呼:"陆哥,你也带学员了?"

陆勋轻轻点了下头,瞄了眼丁教练面前的小萝卜头,一丁点小的女孩,穿着粉嫩嫩的小猪佩奇泳衣。

他随口问了句:"多大?"

丁教练告诉他:"六岁,也是第一节课,刚来十分钟。"

说着,丁教练对面前的六岁小女孩说:"雨婷,自己来吧。"

阮茶也转过视线瞧去,就见随着丁教练的一声指令,那个小女孩憋了口气脸埋进水里的同时双臂伸直,很快就漂浮在水面上,并且压根儿就没有扶着池边。

丁教练笑眯眯地看向陆勋，陆勋不动声色地瘪了下嘴。阮茶不知道教练员之间会不会拿各自的学员进行对比，但想必这就跟学校老师带到个学霸一样的心理，自己的学员悟性高对教练员来说也是件值得自豪和炫耀的事吧。

这么想着，阮茶顿时感觉自己给陆教练丢脸了。她嗫嚅地收回目光，陆勋也转过头和她的视线无端撞在了一起。

阮茶有些心虚的表情没有逃过陆勋的眼睛，两秒的停顿，陆勋开口道："争点气，下课。"

说完，陆勋便上岸了，徒留阮茶还待在池边上，想跳上去又滑进池中，叫了声："陆教练，你能拉我下吗？"

陆勋已经把椅子上的黑色耳机重新挂上，转身离开前拍了拍深水区和浅水区之间的护栏，然后就走了。

阮茶只能非常狼狈地拽着护栏爬上去。

虽然今天的课程只练了憋气，但晚上躺在床上阮茶仍然感觉整个人都有些虚脱，特别是想到那个叫雨婷的六岁小女孩，阮茶就遭受到了一万点暴击。

第二天，阮茶依然提早十几分钟换好泳衣来到池边，不过今天没有看见陆教练的身影。她边玩手机边等教练的时候，昨天那位带她热身的孙教练走了过来要加她微信，她不好意思拒绝。

刚扫好码，阮茶的余光就看见一道修长的身影从后门掠了进来，她抬头的瞬间，陆教练的目光已经落在了她身上。阮茶赶忙锁了手机，有些做贼心虚地盯着陆教练。

陆勋换好了泳裤，穿着黑色运动拖鞋，一进来仿佛就自带气场，也不知道是不是身高的缘故，很难不引人注意。浅水区玩水的两个年轻女人打从陆勋进来，眼神就跟随着他，窃窃私语。

陆勋径直走到阮茶面前停住，就连阮茶都感觉四面八方投来不少道视线。

她赶忙从椅子上站起身，叫了声："陆教练。"

陆勋随意地"嗯"了声，便说道："准备热身。"

然后，陆勋让阮茶自己压腿、拉筋、活动各处关节，期间他只是负手而立站在旁边，用声音指导她做热身动作。

虽然阮茶的泳衣有个小裙摆可以遮住屁屁，但泳衣到底是短的，温润白皙的双腿依然是露在外面，在水下不觉得尴尬，站在池边多少还是不太自然的。

怎么说她也是个凹凸有致较为曼妙的轻熟女，换上泳衣后身材优势尤为突出，刚才坐在这里五分钟，来往的男人都会盯她看上两眼，偏偏陆勋的视线根本不在她身上，仿佛她对陆教练来说毫无吸引力。

没一会儿,他就说道:"行了,下水。"

阮茶总感觉这热身运动有些敷衍的意思,不禁嘟囔了一句:"教练,我刚才动作都做对了吗?昨天孙教练都是亲自带我热身的,还做了仰卧起坐,今天不用做吗?"

陆勋脚步停住,转身,盯着她。

阮茶感觉陆勋的表情有些一言难尽,淡如薄雾的目光里是轻屑外加意味深长的意思。

随即他扔给她一个瑜伽垫,又从过道里提了个仰卧起坐辅助器往瑜伽垫边一放,说道:"你想做就做吧,十个一组,做五组。"

阮茶一开始还没明白过来她发出质疑时,陆勋看她的眼神到底什么意思,但刚做完第一组仰卧起坐后,她便回过味来。

那个孙教练昨天的确手把手带着她热身的,一会儿抓着她的胳膊拉伸,一会儿说她侧腰幅度不够,扶着她的腰调整角度,并且昨天仰卧起坐时,孙教练根本没有拿什么辅助器,而是握着她的脚踝,人离她很近,还一度让她很局促——不过她更愿意往敬业方面联想,毕竟人家是专业教练,她并没有把人想歪。可此时回想起来,她开始有些不舒服了。

阮茶这才忆起选教练时,张经理对她说每个教练员的风格不同。

现在看来,不仅是授教风格不同,做人方面也是有差别的,她的陆教练虽然有点严厉,但起码是个正人君子。阮茶对陆勋多了几分信任和好感。

　　做完五组仰卧起坐后,阮茶已经累得气喘吁吁。陆勋转身往深水区那儿走,阮茶赶忙跟上去就以表忠心道:"教练,你放心,我不会跳单的,我就跟着你学。"
　　她突如其来的表态让陆勋侧目而视。阮茶觉得陆教练刚才应该瞧见她和孙教练互加微信了,加上热身时她说的话,她怕引起陆教练误会,觉得还是有必要告诉他,自己没有背叛"师门"的意思。
　　但陆勋似乎并不在意,只是淡淡瞥了她一眼便偏开了目光。
　　今天下水依然从漂浮开始练起。陆勋又重新和阮茶说了一遍方法技巧,她依然不敢双脚离地,这就导致课时又被无端拉长,二十分钟过去了,她还扶在池边练习漂浮。
　　雨婷小朋友的上课时间和她是同步的。同样是第二节课,小雨婷已经开始独自抓着漂浮板练习蛙泳腿了,她的丁教练只是站在一边喊着:"收、翻、蹬、夹。"
　　小雨婷跟着教练的指示做着动作,肉眼可见地向前推进。
　　没有对比就没有伤害,阮茶的挫败感油然而生。
　　她望向陆教练问道:"小孩是不是学得比较快啊?"

陆勋今天没有将那个黑色耳机取下,他戴着耳机站在池边回答她:"通常来说成人只要敢下水学得要比小孩快,但是不敢下水就无法保证进度了。和小孩说不要害怕,他们会听教练的,我跟你说不害怕有用吗?"

他转头居高临下地看着阮茶,阮茶无言以对。

起初她只敢离地一两秒,腿还没完全浮起来又落了下去,陆勋不停地提醒她:"下巴往里收,视线和池底保持水平,肩膀放轻松。"

在陆勋不知道重复第多少遍后,突然靠近她又弯下腰,他的身体几乎悬在阮茶的上方彻底笼罩着她,声音也松了几分对她说:"别往害怕的情绪上联想,看看水下面有什么,我就在你边上。"

最后一句话无疑给了阮茶很大的安全感,让她摒弃杂念有勇气尝试。而这一次,她意外地漂了起来,虽然双手死死抓着池边,虽然保持的时间并不算长,但是她浮起来了。很神奇的感觉,她觉得自己就像一叶扁舟,可以看见池底的马赛克瓷砖、瓷砖之间的白色条杠,甚至能看见陆教练的大长腿,和她之前一直不敢直视的敏感位置。

等她拽着池边重新落地时,身体从水中探了出来,水珠顺着睫毛滑落。她的笑容扩散开来,唇边的小梨涡让她笑起来像个得到糖的姑娘,是翻越崇山峻岭的喜悦,也是一种对于全新体验的兴奋。

陆勋随即和她拉开了距离,道:"很简单,不是吗?"

他的语气很放松,让阮茶也轻易相信了他的话,认为这是件很简单的事。

阮茶的呼吸还在起伏,似乎没有完全从刚才的紧张中回过味来。陆勋为了不让她继续回到恐惧的情绪中,继而打岔道:"在水下看见什么了?"

"呃……就瓷砖呀……"当然,她还看到了别的,但打死她也不敢说的,脸蛋倒是不明所以地红了起来,她借机抹掉脸上的水掩饰住了。

在阮茶反复练习几次后,陆勋走到她身后,对她说:"试着不扶。"

阮茶的表情瞬间慌乱起来,陆勋告诉她:"一样的。"

"不,不一样。"

她小声告诉他:"我害怕……"

这已经不是阮茶第一次对陆勋这样说。可能是出于对陆教练的信任,她自然而然地把自己最脆弱的部分暴露在他面前,不怕他嘲笑,也不怕他嫌弃,只是很诚恳地告诉他,她是真的害怕。

阮茶就这样平举着双手站在池中和陆勋僵持着,珠光白的美甲在水面闪着盈盈的光,她的手指尖绷得很直,眼神是胆怯的、犹疑的,甚至还有些无助。

就在她以为陆教练依然会不近人情地让她把脸埋下去时,陆勋向她近了一步。在阮茶毫无预料下,他朝她伸出手。阮茶沾着水的睫毛轻微抖动了下,牢牢看着陆勋锋利的双眼,那双眼里没有多余的情感,简单纯粹却也可靠,像屹立不倒的山巅,而阮茶仿若水中的浮草找到了依靠,立马攥住了陆勋的手。

在把双手交给陆勋的刹那,阮茶心里闪过一种很奇妙的感觉。

她只在大学时交往过一个男友,对方是她的学长。

顾姜毕业后先她一步去了上海一家科技公司,和很多毕业即分手的大学生一样,两人好像没有特别正式地说过分手,慢慢地也就没了联络。

之后的很长时间里她忙论文忙毕业忙实习,再到现在忙工作,忙忙碌碌中唯独没有机会再和异性交往,所以在碰上陆勋的双手时,他指间那种属于男人的力量感让阮茶的心脏停止了一拍。

第四章

救命稻草

陆勋只是搭了下她的指尖，但这样的触碰不足以让阮茶感到安全，她将手往前伸了些牢牢握住了他的手。阮茶的手不算大，起码在陆勋的手掌间显得格外袖珍，她进一步地紧握让陆勋眼神微敛。他没有攥住她的手，也没有抽回，只是这样用手掌给她当浮木，催促道："来吧。"

阮茶谨慎地确认："教练，你不会把手抽走吧？"

陆勋望着她惜命的模样，回道："不会。"

阮茶不是不相信陆勋，只是从小到大她也不止一次学过游泳，小时候老爸和大伯都教过她——老一辈人不知道为什么有一种谜之自信，认为小孩学游泳这回事，把小孩丢到水里多呛几口水自然而然就会了，毕竟他们小时候游泳都是无师自通，在池塘里游一游也就游起来了——只是呛过几次水后，阮茶更加怕水了。

大二暑假，一群人去水上乐园玩，顾姜也教过阮茶游泳。她不会换气，把头露在水面上，顾姜牵着她的手，后来也是在她猝不及防之下松了手，她慌乱地栽进水里呛得直咳嗽，爬起来看见顾姜盯着她笑。

水不深，顾姜只是想跟她闹着玩，但那次她气得不轻，顾姜说不会再松手，可人与人的信任往往没有第二次。

所以面对陆勋，阮茶无法放下戒备，她再次确认道："真的不会松吧？"

陆勋动了动脖子，眼神轻瞥："难道还要我对你发誓？"

那倒不必。

阮茶第一次的尝试很狼狈，人刚浮起来，心里就没来由地慌乱，紧接着她开始东倒西歪。陆勋很快将她拽了起来，她满眼都是受惊的模样。

陆勋没有催促她继续尝试，而是松开手，顺势用指尖的水朝她弹去，问道："可怕吗？"

阮茶抬手擦着脸上的水，手也是湿的，水越擦越多。

陆勋接着说道："你害怕的不是水，是水下失重的感觉，你怕沉下去。我可以很肯定地告诉你，你沉不下去，以后你就会发现想沉下去都难。水感这东西有的人是天生的，后天多游也能上来，没有什么特别的诀窍。放松，我握着你，不会让你呛水。"

——不会让你呛水。

明明是很稀松平常的语气，对阮茶来说却像是十分有力的承诺，让她一下子放开了胆子。

教练不会让我呛水——在这样反复告诉自己后，阮茶开始进行了第二次尝试。

陆勋的手掌很宽，阮茶并不能完全握住，偏偏陆勋手掌摊开，连大拇指都耷嗒搭在她的手背上，所以每次下水后阮茶都会下意识地将他的手握紧，生怕手滑。

在水下，教练是她唯一的救命稻草，阮茶对他有了一种与生俱来的依赖感，明明是还算陌生的人，但在本能面前这种感觉自然而然便产生了。

陆勋的确没有让她呛到一口水，似乎他能看准她慌乱的时机，及时将她拉出水面。

阮茶一探出水面,陆勋就松开了她。他下眼睑微弯,眼型偏长,不知道是眉骨高,还是眼窝深邃的原因,他的眼型很容易给人一种冷峻的感觉。

在他收回手的时候,阮茶看见他的右手臂内侧有一道疤,大约五厘米长,她瞥了眼便移开视线。

练习两次后,阮茶的身体得到了一定程度的放松,在确认陆勋不会放开她后,她的胆子也稍微变大了些。

在她第三次尝试握住教练的手漂浮时,陆勋终于反握住她的指尖带着她向前。阮茶感受到水流从身旁而过,身体变轻了,水下的世界泛着涟漪。无法形容这种奇妙的感受,她刚开始觉得有点意思,今天的课程也结束了。

一个小时的课程不算短,可似乎在水下时间也被压缩了,她总感觉课时飞快。

陆勋上岸拿起自己的浴巾走到旁边,边擦着水边跟两个熟人闲聊。阮茶依然像昨天一样,试图拽着护栏狼狈地往上爬。但是她今天就没有昨天那么幸运了,周六的缘故,浅水区孩子很多,深水区和浅水区的护栏下有个互通的水下通道,几个小胖子憋气下去来回穿梭,动静闹腾得特别大,阮茶根本不敢靠近。

旁边的大姐都看不下去了，笑道："你手一撑不就跳上去了。"

阮茶谜之尴尬地对大姐道："我等等吧。"

和陆勋讲话的年轻男人回头，露出好笑的神情，调侃了一句："你学员啊？不管了？"

陆勋的眼神瞥向阮茶，阮茶也正好转回视线，带了点求助的意味。

陆勋几不可见地叹了下气朝她走来，停在池边弯腰朝她伸出手。阮茶双手握住了陆勋的胳膊，陆勋将她从池中拽了上来。阮茶上岸的时候瞥见了陆勋的肋骨下方也有两道疤，不太明显，配合着他手臂惊人的力道，给阮茶一种凶悍的感觉。

她双脚踩在池边，缩着脖子道了声："谢谢教练。"

陆勋收回目光，轻飘飘地落下句："去洗澡吧，下次可以带条浴巾。"

看着教练离开的背影，阮茶觉得陆教练其实人还挺好的——细品的话。

晚上睡觉前，阮茶莫名想到了陆教练身上的疤痕，有些好奇陆勋当教练以前是干什么的，为什么整个人的气质给人感觉如此特殊，好像找不到一个贴切的形容词。

要说他冷厉的气场和多处疤痕的身体，有点像混社会的，偏偏他身上没有丝毫混社会的邪气，恰恰相反，他给人的感觉像苍穹般雄浑、钢铁般坚毅，种种气质和表象的融合让陆勋在阮茶眼里变得有些神秘。

阮茶听了教练的话，第三天过来准备了一条浴巾。今天她到的时候，陆勋已经在水下了，似乎已经游了一会儿。

见阮茶来了，他对她招了下手。

阮茶走到深水区池边，陆勋潜入水下，从第三道穿过漂浮绳游到第一道探出水面对阮茶说："那个递给我。"

阮茶回头看见椅子上的黑色耳机。她回身把浴巾放下顺手拿起耳机走到池边递给陆勋，陆勋接过后低头把耳机戴上。阮茶有些好奇地问："教练，你耳机什么牌子的？"

陆勋抬眸沉默地对上她的眼，没有回答便偏开目光说道："自己热身，结束后下来。"

期间陆勋只是站在池边平静地盯着她的动作，一会儿后用眼神示意她下水。

阮茶今天没有戴泳帽，高高的丸子头绑在头顶，饱满的额头和漂亮的发际线让她减龄不少。不过她在陆勋眼中本就是个小姑娘，一个怕水的小姑娘。

例如此时，她又开始例行演示每天下水前的一系列惜命动作，先是小心翼翼地坐在池边，然后狠狠地翻转身体一点点入水，还配合着五官全部纠结在一起的表情，那模样就像下面是刀山火海。

只不过今天阮茶没有顺利下水，在她刚准备把身体往下落的时候，值班大叔拿着喇叭对她吼了一嗓子："那边的，不戴泳帽不能下水。"

阮茶随即意识到大叔吼的人是她，她的身体下到一半又坐回池边。彼时周围游泳和上课的人都朝她看来。

她的泳帽昨天在被她清洗后夹在爪夹上，今天她收泳衣的时候忘记把泳帽一并收了。

她有些羞愧地垂下眼睫盯着陆教练："忘带了。"

那表情好像没带作业怕被老师罚的学生，陆勋眼角微压，转头看向那个坐在救生椅上的大叔指了指阮茶，又指了下自己，示意阮茶是他的人。那大叔当即会意，对他点了点头。

阮茶见教练认识那人，便抬起头问："你给我开后门了吗？"

"规定就是规定。"

说罢，陆勋把自己的泳帽拿了下来递给阮茶："我不用下水，你用我的。"

阮茶的脸微微发热，接过陆勋的黑色泳帽，在很多人的注视下戴了几次都歪歪斜斜的，整个人都显得异常局促。余光瞄到有道身影压在了她的面前,她扬起眼睫的瞬间,陆勋已经抬手对她命令道:"头过来。"

阮茶坐在池边,温润的双腿伸进水里,脚尖绷直,老老实实地把头往前挪了挪。大概只有几秒钟的工夫,陆勋甚至都没怎么碰到她的发丝,可他的身影罩在她眼前,她可以清晰地看见他隆起的肌肉线条,在他皮肤上滑动的水珠,肋骨处隐淡的疤痕,和紧实的腹肌。这样浓烈的男性气息是阮茶二十几年生涯中从未遇见过的冲击,她的呼吸变轻了,睫毛不敢乱眨,水面悠荡的波纹晃乱了她的心弦,让她的大脑有片刻空白。

只是很短暂的时间,陆勋帮她调整好泳帽,对她说道:"下来吧。"

这次阮茶下水异常迅速——她需要水温让她脸上异样的红晕赶紧散去。

刚下水,陆勋就问她:"今天能自己漂吗?"

阮茶肯定地回:"不能。"

陆勋离她几步的距离,对她说:"用漂浮板试试?"

"漂浮板不会扶我起来。"

陆勋摇了摇头,走到她面前把手给了她,不过今天他只给了她手背。虽然和前一天相比只是手心和手背的差别,但对于阮茶来说却是截然不同的。相比于手背,她觉得手心更有安全感,因为教练可以随时抓住她。可就是这细微的心理落差却被陆勋拿捏得分毫不差。

阮茶怕水,她不会轻易地把自己置身于危险的环境中,陆勋只能在让她觉得安全的范围内带领着阮茶推进课程进度。

前几次阮茶的手指像八爪鱼一样死命抓着陆勋的手背,抓不住又改抓手腕,总之能抓到什么就抓什么。

课程结束前,阮茶才能够完全将手摊开搭在陆勋的手背上。下课的时候她看见陆勋的手腕都被她抓出了红印子,她连忙说道:"不好意思啊教练,我刚才太紧张了。"

陆勋低头扫了眼,并未在意,对她说:"明天迟半个小时来。"

阮茶"哦"了声,和陆勋一起往更衣间走去,问道:"你还要带其他学员吗?"

刚问完,池边两个孩子拿着漂浮棍互砸,棍子还没落下时,陆勋的视线已经敏锐地横扫过去将阮茶让到外侧。水花猝不及防地往池边飞溅,被陆勋高大的身体挡住。他压下视线看向池中,那两个孩子吓得丢掉漂浮棍就朝另一头游去。

这时他才转头回答阮茶刚才的问题:"没有。"

阮茶眯眼笑了起来。其实三天下来,虽然她天资平平,但陆教练并没有对她说过一句重话,可他就是有本事仅用一个眼神就能攻破人的心理防线，在他的眼神下，她都如此，更何况两个孩子。如果眼神能杀人的话，这片泳池除了陆教练，已经没有活人了。

不知不觉间，他们走到更衣间前，阮茶回头对他说了声："教练，明天见。"

她刚准备掀帘子，发现陆教练停住脚步沉静地注视着她。刚从水下上来虽然裹着浴巾，但泳衣依然是贴在身上湿漉漉的，这样被陆勋瞧着，阮茶情不自禁地屏住呼吸，试探地问："怎么了？"

陆勋平淡地吐出两个字："泳帽。"

阮茶这才反应过来自己还戴着教练的泳帽，她赶忙取下来递给他。

陆勋接过泳帽后丢下一句："明天我不会再给你手。"

第五章 夜有所梦

上了三节课阮茶才想起来她一直没有加陆教练的微信,连他的联系方式都没有,她记着明天见到教练得问他要一下。

　　不过当天晚上阮茶就失眠了。想到教练不会再扶着她,她整个人就陷入了焦虑中,以至于第二天刚换上泳衣她就开始紧张,看到陆教练后,也没了笑容,连表情都是僵硬的。

如陆勋所说，第四天的课程他的手不再给阮茶搭着，而是让她独立漂浮。没有教练可以依赖，便成了阮茶无法跨越的心理障碍。

下水后，陆勋让阮茶先扶着池边练习了几次，然后便让她转过身，对她强调道："憋气下去，感觉不行的时候膝盖找胸口，人自然而然就能站起来。"

水流在阮茶的胸口不停地荡漾着，让她有种呼吸困难的紧张感。她大口喘着气对陆勋说："教练，你站在我边上。"

陆勋没有动，神情松散："自己来。"

阮茶双手平举，人杵在水里半天，冷得浑身打颤，心跳不停加快。她在水下悄无声息地往陆勋面前挪，直到慢吞吞地挪到教练身旁，然后朝他靠了靠才感觉到些许安全。

陆勋无奈地看着她起伏的呼吸，用语气敲打着她："第四节课了，还没漂起来。"

阮茶感受到一种紧迫感，而这种强压来自面前的男人。他甚至没有再多说一个字，只是抱胸站在一边盯着她，阮茶的每个细胞都受到来自教练的鞭挞。

她弱弱地说："我怕起不来。"

陆勋云淡风轻地告诉她："你又不是踩不到底，顶多喝口水，没什么好怕的。"

呛水这个在阮茶看来十分恐怖的事情被陆勋说得云淡风轻，有几秒她似乎信了教练的话，深吸一口气整个人埋了下去。

阮茶浮了起来，陆勋的声音从水面上传来："身体放松，肩膀拉直，往下看。"

起初的一秒钟她的脑袋是空的，她听见了陆勋的声音，却无法读取这些信息。身体中的每个感官在水下都被无限放大了，失重的感觉让她觉得不真实，她知道自己漂起来了，但也仅仅就那么一秒钟的时间，下一秒随着水波的晃荡她瞬间失去了安全感，双手下意识地在水中乱抓。水流从指缝中溜走，她却什么都握不到，恐惧以最快的速度冲破她的防线，她奋力挣扎起来。

混乱中，阮茶还有意识地在水下疯狂摸索教练，直到一双有力的手将她扶了起来。阮茶惊恐地瞪着双眼，那双圆润的眼里，瞳孔近乎涣散而脆弱。

陆勋松开她问道："喝到水了？"

阮茶的胸口还在不停起伏，只是机械地摇了摇头，虽然刚才自己完全乱了，但气倒是一直憋着没敢松掉。

陆勋不易察觉地轻勾了嘴角："没喝到水慌什么？"

如果这时候有人跑过来紧张地问阮茶"你没事吧"，她恐惧和焦虑的情绪会更加挥之不去，偏偏陆勋可靠的神情和轻松的语气很有效果地感染着阮茶的情绪，让她快要跳出嗓子眼的心稍稍平复了一些。

随之陆勋对她说道:"休息两分钟。"

这是在之前三节课中没有过的,教练破天荒地让出了调整的时间。

阮茶松了口气,她真怕陆勋让她接着来,经过刚才那一下,她现在心态有点崩。

陆勋走到泳道边,阮茶也向他走去,问道:"教练,你喝过水吗?"

陆勋双手搭在护栏上,眼神一瞬不瞬地看着她:"当然。"

阮茶侧了个身正对着他,皱起眉:"那你喝了水怎么办?"

陆勋低眸说道:"要么吐掉要么咽下去。"

阮茶陷入了短暂的沉默,整张脸都纠结在一起,仿佛在思考什么世纪大难题。

陆勋轻抿了下唇际:"漂浮不难,对你来说最难的应该是换气,后面喝到水是正常的事。"

阮茶最担心的就是喝到水,可在和陆教练的聊天中,她的想法似乎也随着教练的引导发生了细微的变化——如果大家都觉得这是稀松平常的事,那么她接受起来也不那么困难了,思想观念的改变往往就是一念之间。

她抓住护栏感受着水中的浮力，双腿一会儿漂起来一会儿落下去，比起刚上课那会儿，她胆子稍微大了些，偏头问道："教练你刚学游泳的时候也怕水吗？"

陆勋沉思了一瞬，不知道是不是在回忆，而后告诉她："忘了。"

阮茶有些诧异："忘了啊？你多大会游泳的？"

陆勋语气随意："两三岁吧。"

阮茶内心：……当我没问。

聊天的确是缓解紧张很好的途径。几分钟闲扯过后，陆勋再次走到泳道中央，演示了一遍如何在平漂时站立。

阮茶看得很认真，所有动作也都输入到大脑中。明明教练做起来很简单的动作，到了阮茶这儿却变得十分困难。

没下水前所有的注意事项她记得都非常清晰，但只要一下去，她的大脑瞬间空白，身体由本能支配，恐慌会在顷刻之间主导她的意识。

人在失重状态中会有自保的本能，这种本能让阮茶只敢收回一条腿，而另一条腿还在寻找平衡点，这就导致她的身体重心始终无法调整过来，再加上慌乱怎么都站不起来。

这次陆勋并没有立即将她捞出来，而是守在她的旁边，让她自己去调整，卡准她快没气的时候才把她扶正。

阮茶是狼狈的、挫败的，甚至整个人的表情在每次出水时都是蒙的，就好像水下是另一个世界，一个可以让她短暂失忆的世界，所有思绪在下水的那一刻便全部蒸发掉了。

陆勋再次提醒她："两条腿要同时收。当你膝盖弯曲到胸前时脚掌就会向下，你只需要抬起头踩在池底人就起来了，没什么难的，我们再试一次。"

此时阮茶的情绪开始有些不对劲了，但她心里很清楚，必须尝试。她已经知道方法，只有不断通过尝试才能跨过这个障碍。她双手平举，眼神微垂看着悠荡的水面，轻声嘀咕着："同时收，同时收……"

伴随着深吸一口气她整个人再次没入水中。她听见陆勋的声音，在离她很近的地方告诉她："不要着急站起来，让自己漂一会儿，放松后再收腿，听我指令。

"一，二，三……好，收腿抬头。"

可就在这时第二道一个年轻男人从阮茶身边游了过去，他鞭腿幅度过大，带起整片水域都在摇晃，霎时间阮茶的身体在水下发生倾斜，失去平衡的瞬间她开始拼命挣扎，大量的水从鼻腔灌了进去，挣扎中一只手臂快速横了过来，她几乎本能地抱住面前的人。

一切发生得太快，快到甚至只有0.1秒，可就在那0.1秒之间她的身体和陆勋完全贴在了一起，在把阮茶捞出水面的同时陆勋收回了手臂。当时的情况太混乱，阮茶的指甲顺着陆勋的胸膛划出了一道印子，在她慌忙调整姿势时胸部磕到了陆勋收回的手，陆勋的神情僵了一下，但也只是一闪而过便偏开了目光。

　　站稳后的阮茶起初脸色煞白，呛水的难受让她不停揉着嗓子。等她从恐惧中缓过劲来时，才发现淡淡的尴尬弥漫在她和教练之间，或者说只弥漫在她周身，因为她抬眼看去，陆勋依然神色平常，没有任何波动。可是想到刚才两人的距离和尴尬的触碰，她就恨不得把自己当场淹死算了。

　　等陆勋收回目光重新看向她时，阮茶低着头，肩膀的微颤清晰可见。

　　似乎是察觉到他的视线，阮茶匆忙抬了下眸，眼里的光被刚才的意外惊得支离破碎，双眼通红，鼻尖也是红的，不知道是呛水的原因还是真的快要哭了，虽然陆勋不能确定，但他起码能看出面前姑娘的承受能力今天已经到达了上线。

　　他若有所思地注视了阮茶几秒钟，表情是阮茶从未见过的严肃，削薄的眼皮在眼尾处微微上挑，敛着眸看人的时候仿若天生带着股凌厉感，那气场压过来的时候，阮茶心脏骤停。

　　然后陆勋从她身边走了过去。离下课还有二十分钟，陆勋没有再让她下水，而是直接跳上岸拿了个垫子过来对阮茶说："你上来吧，教你蛙泳腿。"

如果刚才阮茶是呛到水所以表情才像是要哭的样子，而这一刻她是真的眼睛发酸了。她感激教练及时调整了她的课程内容，没有继续让她面对身后的池水。

陆勋边说边演示了一遍，而后他站起身让阮茶练习。她收翻的时候腿要以一种十分怪异的姿势张开，当然这在水下可以很好地帮助她走水，可是在岸边，在陆勋居高临下的注视下，阮茶"尴尬癌"都要犯了，不自然地拽住泳衣的裙摆。

陆勋看着她拘谨的状态，伸手拿起她放在椅子上的浴巾平铺开来直接盖在了她的身上。

宽大的浴巾让刚上岸的阮茶暖和了一些，也阻挡了池边那些男人打量的目光。

只要不下水，阮茶动作学得都很快。陆勋坐在她面前的椅子上，看着她练习，不时提醒道："脚掌尽可能外翻，幅度越大走水越大。"

除了偶尔的纠正，其余时间陆勋只是沉静地看着她。阮茶不知道教练在想什么，只是感觉他的目光带了点审视，和之前略微不同。

在岸上阮茶完全掌握了蛙泳腿"收、翻、蹬、夹"四个动作。

练习的空当她会偷偷观察教练的眼神，后来发现陆勋的视线侧向一边的浅水区，她也转头看了过去。同样是第四节课，她还没有完全漂浮起来，丁教练已经拉着小雨婷的手开始练习换气了，阮茶咬了下唇。

陆勋收回目光对她说："下课。"

阮茶裹着浴巾从垫子上站起身，在陆勋离开前追上他问道："教练，一般情况下多少节课能学会蛙泳啊？"

陆勋停住脚步，回答她："我见过最快的两节课学会，成人通常六到十节课能学会。"

陆勋倒也说得客观，成人领悟能力要强于小孩，如果本身就不怕水能游的，只要指导一下动作要领，调整一下换气节奏，两节课也就够了。

就算完完全全的"小白"，从"蛙泳腿""换气"到"蛙泳手"，六节课差不多也能学会，剩下的就是练习修正动作，顶多再加两节课拉拉体能基本也就出师了。但像阮茶这样四节课还不能独立漂浮的也算少见，在小孩中都不多。

陆勋不禁轻拧了下眉，欲言又止的样子，似乎想对她说什么。他眉毛浓密，眉骨压下阴影显得表情格外冷峻，那摄人的气场本就让阮茶有些胆怯，加之目光正好瞥见他胸前清晰的红色指甲印后，阮茶就更心虚了，便也没有继续追问，以至于离开健身房后才想起来她又忘记问教练要微信了。

今天对阮茶来说是挫败的一天，前两节课才建立起的信心似乎又打回原点。看陆勋沉默的态度，阮茶不知道教练对她是不是有"放弃抢救"的意思，特别是临别时，他那慎重严肃的表情和欲言又止的样子，让阮茶十分怀疑他不想要她了。

毕竟才四节课，连着两节课她都把教练弄伤了，再教下去，陆教练都要动用工伤险了。

本来当初收她的时候，陆勋就有些不太情愿。阮茶想起第一次课上他就对她说过，尽量不要请假，她猜测是想快点把她带出来。按照正常成人的进度，她要是天天上课一周多也就出师了，可能连陆勋自己都没想到她这么难教。

阮茶担心陆教练不教她，一来是因为几天下来，那里无论是教练还是会员都知道她是陆勋的学员，要是被他中途放弃，后面无论跟着哪个教练多少都有些难堪；二来她不想换教练，和一个教练之间产生信任感不容易，重新适应对她来说又会是一场心理挣扎。

怀着这样忧心忡忡的心情，阮茶入了眠。果真日有所思夜有所梦，当天晚上她就梦到了陆勋，梦里已经到了第二天，她像往常一样去上课，陆教练神情冷漠，把她喊到面前告诉她带不了她了，还要把她转给孙教练，她一再保证会好好跟着他学，不会拖后腿，然而陆教练转身就没入深水池中。她追不上他，也不敢下水，急得在池边徘徊。周围莫名其妙涌来大量池水，以她站的地方为中心向她覆盖，她大声呼喊陆教练的名字，撕心裂肺，最后窒息的感觉再次将她淹没……

惊醒后，阮茶在床头缓了半响。梦里陆教练抛弃她的那种伤心欲绝犹在心头。她就郁闷了，怎么能学个游泳还学出了一种虐恋情深的味道？

阮茶恍恍惚惚地去了公司，一整天都有些魂不守舍的，同部门的陈萌问她这几天游泳学得怎么样了。

本来阮茶还没多想，被陈萌这一问，陆教练的样子又出现在她脑中。

和健身房里那些"撸铁"的男人不同，陆教练身上的肌肉没有那么夸张，也不是为了健美而刻意营造出的虚大，他身上的每一寸都很结实、坚硬，充满力量感。即使已经过去了一天，想起那时的意外触碰，阮茶的脸颊依然攀上了红晕。

陈萌把椅子移了过来勾头看着她："你脸红什么？教练长得帅吗？"

阮茶翻开文件："和常规意义上的帅不同。"

陈萌一听激动起来："你不会对你教练来电了吧？"

"……怎么可能。"阮茶矢口否认。

前面的潘姐回过头笑了起来："多大啊？是不是单身啊？"

"……这个我倒没问。"

就在大家八卦时，阮茶的手机突然响了，她拿起手机解锁一看，一个陌生人加她微信，备注：陆勋。

阮茶原本瘫在办公椅上的身体瞬间直了起来，把陈萌吓了一跳："那家动漫公司联系你了？"

阮茶愣了一瞬，点击通过，回道："不是，是我教练，嘘。"

陈萌看着她的反应，调侃道："你又不是打电话，嘘什么？"

好友通过后，阮茶点开陆勋的朋友圈。她也有健身房其他几人的微信，例如张经理，例如孙教练，他们的朋友圈内容基本都会更新健身房活动，或者科普锻炼文章，抑或拍一些健身房内的日常动态。

但是陆教练的朋友圈并没有这些维系学员的广告，只有一条，是一张大海的照片，没有配文。照片中没有其他元素，只有平直的海际线和太阳还没升起时散发出的微弱光辉。这张照片也是陆勋的微信头像，并且发布时间都是一年多前了。

她退回到对话框，发了个可爱挥手的表情，打下三个字：教练好。

　　陆勋并没有立即回过来。对话框一片安静，让阮茶有些忐忑。

　　也不知道是不是昨天那个梦有所暗示的原因，她总觉得陆勋前几天都没有加她，今天突然加她微信应该事出有因。

　　等待的过程阮茶思绪纷飞，各种各样的猜测溢满脑袋，她甚至在想要是陆勋打算退她课，她该怎么办。

　　大约十分钟后手机才再次响了一下，阮茶第一时间解锁屏幕。

　　陆勋回复：今天要是有空早二十分钟过来，在休息区等我。

第六章 怕水的记忆

对于陆教练突然加阮茶微信,并让她早些过去找他这事,让阮茶心中十分不安,一整个下午都在猜测中度过。

公司离家门口地铁站仅有两站路,下午四点以后她就不时看着时间,五点刚过和潘姐说了声就先走了。

关于她学游泳这事,部门里面的人基本都知道,她的直属领导还十分鼓励她赶紧把游泳学出来——这事说来就话长了。

阮茶五点半就到了休息区，发了条信息给陆勋：我到了。

大约五分钟后，陆勋从办公区域的长廊走了过来。可能是平时习惯了他穿泳裤的样子，今天他穿着周正的短袖衬衫和休闲裤坐在阮茶对面的时候，她还有些不大适应。

陆勋的衬衫是半袖的商务款式，恰到好处的身型显得衬衫十分挺括，举手投足间是成熟男人特有的魅力，不轻浮也不张扬，来到她面前稍点了下头便在她对面落座，每个神态都恰如其分。

阮茶想起潘姐中午问她的话"教练多大了"，她的确没有了解过。但从相貌来看，陆勋长得很朝气，给人感觉十分精神，她一直以为教练顶多比她大一两岁，貌似这里绝大多数私教年龄都不算大。可现在看来，陆勋身上那种透过阅历沉淀下来的稳妥不像是二十五六岁的样子。

坐定后，陆勋开口问道："下班直接过来的？"

纵使阮茶心中充满猜忌，还是假装若无其事地应对道："公司离这儿不远。"

阮茶的运动包放在脚边，身上穿着通勤装。相比于水下那个畏首畏尾的她，这样的她更加职业化一些，也从容恬淡许多。

陆勋靠在单人沙发的靠背上，背脊依然很挺直，和现在绝大多数年轻人不同，阮茶很少看见他有任何松懈的姿态。

陆勋依然戴着那个造型别致的耳机，很酷的样子，总让阮茶联想到在执行任务的特工。

陆勋锋利的眼眸牢牢注视着她，手指无意识地交叉放在腿上，问道："怎么想起来学游泳？"

这在阮茶听来，教练似乎抛出了一个缓兵之计的问题。

她沉吟片刻，回答："想克服心里的恐惧吧。我有点怕水，教练你应该能看出来。"

"不止一点。"陆勋的表情松了几分，看上去没有那么严肃了，彼时像个稍长阮茶几岁的大哥，让他们之间的气氛缓和了一些。

"可以跟我说说为什么这么怕水吗？"陆勋直视着她。

阮茶的眼皮耷拉下来，秀气的眉间也因为触及这个敏感话题而轻轻皱起。

"如果不方便的话也可以不用回答。"阮茶停顿的几秒里陆勋补充道。

他话音落下后，阮茶反而抬起头耸了下肩："这不是什么无法启齿的事。事实上就是我小时候被水淹过，所以一直怕水。"

这是在阮茶七岁那年发生的事。暑假，她跟妈妈回皖南，表哥和一群邻居小孩去溪边玩水，也带着她。天然的溪水从上游流下来汇聚成一潭水，最深的地方约莫一米多。很多孩子拿着水枪在水里哄闹，她跟着表哥脱了鞋子光着脚在水流冲刷的石堆间玩耍、捡石头、泼水。

那处一到夏天便成了附近孩子们天然的水上乐园，岸边有大人乘凉打扑克，抑或是闲聊。

越往下游水流越湍急，大点的孩子喜欢站在最湍急的水流中间，那里有块非常光滑的石头被溪水常年冲刷，孩子们享受那种站不稳后被水流冲进池中的刺激感，仿若天然的滑梯。每天石块那里的孩子总是最多，有时候还要排队玩。阮茶的表哥也只不过比她大三四岁，正是贪玩的年龄，他让小阮茶自己在旁边玩，然后跑去和小伙伴"冲石块"了。

后来一群孩子上岸打水仗，水花四溅。混乱中，不知道哪个大孩子把阮茶撞倒了，小小的她倒入急流中便再也没能站得起来，整个人顺着水流的方向直接被冲入潭中，水瞬间淹没了她的身体。当时故意冲入潭中的孩子太多了，常年泡在这里的都是附近村子的孩子，从小在这儿长大都懂水性，岸边的大人们也都以为孩子们在哄闹，你推我搡之间，根本没有人注意到她。直到阮茶不再挣扎漂在了水面，岸边那个推着小车卖冰棍的老板才发觉不对劲，大喊着跳下去将人捞了上来。

小小的阮茶被救上岸的时候已经没了知觉，岸边的大人对她进行急救，所有孩子都围上了岸，最后她被送去医院从鬼门关里走了一遭，才把命抢了回来。

出院后的两个月内她一直不间断地发低烧，也不肯吃东西，父母带着她辗转各大三甲医院，所有科室都瞧了遍依然瞧不出个所以然来。爸爸怪妈妈没有把孩子看好，妈妈也自责不已，父母争吵不断，因为这事差点闹离婚。

有老人说孩子魂被吓丢了，也有人劝她父母把她带去大城市的医院瞧瞧看……最后能用的方法都用遍了，无论是正规就医还是偏门的，一直折磨了两个多月她早已瘦成皮包骨，爸妈也跟着熬成干，后面她到底是怎么好起来的，直到现在家里人都说不清。

但是在后来阮茶的成长过程中，体质一直偏弱，并且始终怕水。五六年级的时候，爸爸和家中的伯伯也曾想教会她游泳，奈何他们的方式太粗暴，这就导致后来的阮茶更加畏水，大学以前再也没去过泳池。

会下定决心来学游泳，还要从一个多月前说起。因为业务繁忙，公司很久没有团建了，领导决定找个封闭式的度假村，正好临海，还有独立沙滩。

下午在海边拍照，阮茶还踩在海水里并没有感觉多害怕，然而晚上泡温泉的时候，脚底打滑跌倒在水中出了意外，幸好旁边同事多，将她扶起来后人怎么也叫不醒，吓得陈萌她们赶忙打120，大家都以为她溺水了。但120来之前，阮茶已经恢复了意识，后经医院检查她失去知觉是因为惊吓过度导致的短暂性休克。

回来后整个公司都知道市场部有个姑娘在团建中溺水被送去了医院，公司还特地因为这件事开展了一系列的预防溺水知识普及和安全急救培训工作。

阮茶也从一个默默无闻的"社畜"成了公司人人皆知的存在，不过这个出名的方式让她惭愧不已。

领导亲自来慰问她。在得知她是因为惊吓过度而休克后，领导建议她或许可以去找个老师教游泳，学会了也就不怕了，毕竟她人生的路还长，以后可能还会有更多类似的经历，这也算是个生存技能，保不准会有用到的那天。

在过去的十几年里，阮茶几乎每年都会梦到一两次溺水的场景，梦里的人、事、物总是扭曲混乱，可溺水的感受却很真实，无力、绝望、痛苦，就像一场长达多年的梦魇，如影随形。她从未想过摆脱这个噩梦，直到那天和领导谈完话，她回去想了很久，如果不是已经发展到影响她的正常生活，她似乎还在回避这个问题。

也是因为那次谈话，阮茶动了学游泳的念头，这便是她踏入这里的原因。

她在说这些的时候，时而皱着眉，时而有些无奈，时而又显出几丝迷茫。陆勋只是沉静地听着，他的眼神在看人的时候总是格外专注，让人不得不回视着他。他是个很好的聆听者，起码在过去的十几年里，阮茶从未向谁暴露过自己的软肋，她曾试图和顾姜提起这件事，但顾姜根本没有在意，毕竟这在很多人看来并不是什么大不了的事。

在说完这一切后，阮茶似乎松了口气，道："所以我来学游泳很大一部分原因是想克服对水的恐惧。"

陆勋松开交叉的手指，右手不经意地搭在圆桌上。阮茶的视线被他骨骼分明的手吸引，那是一双极为容易给人带来安全感的手掌。

她听见陆勋开口道："如果第一节课前你就告诉我这些，我会劝你去看心理医生，而不是来学游泳。"

阮茶抿着唇，无法判断教练这句话中包含的信息，是一句无关紧要的玩笑，还是在为劝退她做铺垫。

她仍然反驳了一句："我心理没问题。"

陆勋的唇边掠过一抹玩味的弧度，随即消失不见。

相顾无言。

阮茶在说完这句话后就泄了气，陆勋的表情给她一种感觉，她就像醉酒的人总说自己没有醉一样不可信。

就在她以为会被陆教练贴上心理疾病的标签,并准备劝她退课时,陆勋忽然站起身对她说:"时间差不多了,去换泳衣。"

第七章

安全感

阮茶换好泳衣就来到深水区边上做着热身运动等教练。不一会儿,陆勋来了。

让阮茶诧异的是,他今天换泳衣了,穿着一套速干的长袖黑色连体衣,原本裸露在外的上半身今天全部包裹起来。

这让阮茶不禁想起昨天的意外,是因为她误伤了他,还是为了防止两人再有肢体触碰，抑或是单纯地换身泳衣？阮茶不得而知，心里有块石头来回摆荡不安。

陆勋停在浅水区边对阮茶招了下，阮茶提步朝他走去。

待到近前的时候陆勋才对她说："今天的课在浅水区上。"

阮茶愣了下，眼眸微动看向陆勋，后者已经走入水中开口道："下来吧。"

丁教练见今天陆勋把阮茶带来了浅水区也很诧异，问了句："怎么到这儿来了？"

阮茶有些尴尬地看着陆勋，也在等着他的回答。陆勋只是轻描淡写地"嗯"了声，并没有对丁教练解释缘由。

阮茶下水后，陆勋给她一分钟时间，对她说："适应下水温。"

池水太浅，陆勋双脚踩在水里身子都是干的，只能坐在池边。阮茶在离他不远处一点点地蹲下身，刚下水总是特别冷，每当这个时候她的表情都无比痛苦，但是今天她却盯着教练，唇边是关不住的笑意。

陆勋的目光微垂，回视着她问道："笑什么？"

阮茶一鼓作气让水没过胸口，冷得"嘶"了一声，在水下靠近教练回道："我以为你不打算教我了，真的，我还想你是不是觉得我无可救药了，昨天晚上做梦都是这个。"

陆勋依然坐在池边，身体岿然不动，冷峻的眼眸里却出现了难得的笑意，然后低下头，声音荡在这片池水之上，有着金属般的质感，告诉她："我既然收了你，就不会不管你。"

阮茶在水下仰望着他，不安了两天的心情因为他的这句话落了地。水波浅漾，澄澈撩人，阮茶心里某处被带起一阵奇妙的微风，随后跳动起来，有了种被人接管的踏实感。

和前几天的课程不同，陆勋不再让阮茶继续练习漂浮。阮茶下水后，他便拿了一根漂浮棒过来，走到阮茶身旁将漂浮棒横放在阮茶的腋窝下说道："我们今天调整下课程，脸不用下水，先练蛙泳腿，身体放松，漂浮棒可以吗？"

阮茶试图松开脚，身体的重量压在漂浮棒上，漂浮棒被她双臂压下水面，眼看着水往上溢，她又慌乱地重新站在池底直起身子，嘴唇紧抿盯着陆勋，似乎无法信任这根轻飘飘的泡沫棒子。

陆勋撇了下嘴角直接抽走了漂浮棒扔在一边，然后来到阮茶面前，在她完全没有预料到的情况下重新将双手伸给她。她眼眸微抬，那一瞬四目相对，她在陆勋眼中看见了自己，有些错愕、讶异，和如释重负的神情。

和漂浮棒不同，无论她怎么把身体的重量放在陆勋的双手上，他都会稳妥地托住她。浅水区的水只到阮茶的腰以下，没有上半身汹涌的水流冲击，她很快便能放松下来，将昨天所学的蛙泳腿在水中练习。

陆勋站在她身前,随着她"蹬夹"的动作,他也会跟着后退一小步。两个来回后,他垂头问她:"能感觉到自己在走水吗?"

阮茶低头就能看见池底,相对而言没有那么紧张了,很快找到了蛙泳腿的节奏,反而觉得这样挺有意思的。她的表情也放松些许,弯起眼睛抬头说:"能感觉到前进。教练,是我自己游的还是你拉着我向前的啊?"

陆勋眉眼微垂,声音充满磁性地落在她上方:"是你自己通过蛙泳腿向前的。"

得到教练的肯定后,阮茶突然很有成就感,可下一秒她便愁眉苦脸道:"但是我漂不起来的话光会姿势不是也没用吗?我看人家都是先漂起来再学动作的。"

陆勋只是告诉她:"不用急,你先学动作,在这个过程中慢慢适应水下的环境就能找到水感了。"

在和阮茶聊天的过程中,陆勋的视线也没有丝毫懈怠,不时提醒道:"左脚外翻不够,脚心向外蹬。"

阮茶专注地又试了一次。在她动作到位时,陆勋也从不吝啬夸奖:"漂亮。"

虽然阮茶知道教练在肯定她的动作,但她依然心口热热的,继而问道:"教练,你总说水感,水感到底是什么啊?"

"你可以理解为对水的感知能力，例如一个水感好的人他身体的每个部位都能感受到水下的规律，包括阻力和推进力，这可以很好地帮助人进行水下活动。"

阮茶依然很疑惑："但为什么有的人天生就水感好呢？就像教练你。"

她睫毛上沾着水珠，波光盈盈的，眼里是对他的仰视，陆勋低眉看着她以一句"这是个玄学"终结了话题。

陆勋个子太高，站在浅水区尤为突兀，大半个身子都是在外面的，来往的小朋友或者家长都会多盯他看上几眼。前几天碰见的两个年轻姑娘今天又来了，两人依然下了浅水区，站在池边盯着陆勋教学。

几组练习过后，陆勋让阮茶休息几分钟，阮茶走到浅水区的护栏边看着深水区那些在泳道游着泳的会员，每个人的姿势都不同，有的人游得异常慢，也有游得快的，但都没有陆勋游泳时的那种气势。

她回头问教练："游泳可以减肥吗？"

"当然，这是有氧运动。"

说罢，他扫了她一眼："你需要减肥？"

阮茶双手在水面上拨弄着，歪头问道："你觉得呢？"

陆勋的视线微微下移，又迅速收回偏开了。

那回避的眼神让阮茶忽然又想起了昨天两人意外的接触，她不确定陆勋是不是也想起了那一幕才突然沉默的。

随即她转移了话题："那游多了会肌肉发达吗？"

陆勋告诉她："长期游泳的人背会变宽，不过你这点运动量不用担心。"

陶主管拿着几张单子正好绕了过来停在池边对陆勋喊道："找你半天了，以为你在深水区呢。这个给你看一眼。"

陆勋转头对阮茶说："你等下。"

阮茶点点头。

陆勋便朝池边走去，阮茶的目光停留在他的背脊上。之前她都没有特别留意，现在看来陆勋的背的确挺宽的，特别他身上那件紧身的黑色泳衣将他的背部线条完美地勾勒出来呈现倒三角的形状，给人感觉特别有安全感。

"安全感"这个词在阮茶前面二十几年的生涯中从未思考过，但认识陆勋短短几天，她却在这个陌生男人身上找到了安全感，这几乎是没有人给过她的，很奇妙，难以言喻，但就这样发生了。

旁边的丁教练路过阮茶身边问道："你报了多少节课？"

阮茶收回视线，看见小雨婷跑到她妈妈那里喝水了，于是和丁教练闲聊道："报了二十节课。"

丁教练问她："那你学蛙泳应该用不掉啊，后面的课打算学什么？"

阮茶没有想过这个问题。目前看来，她能把蛙泳学出来就不错了。不过，她还是好奇道："一般情况下，学完蛙泳的人学什么啊？"

丁教练说："自由泳、仰泳、蝶泳，不过蝶泳的课时比较长。"

阮茶感兴趣道："蝶泳怎么游？"

"那要腰腹发力，身体蛇形摆动，双臂同时划水，很多人腰都'蝶'不起来，而且我们这里能教蝶泳的教练不多。"

阮茶诧异道："这么难的吗？哪个教练能教啊？"

丁教练对着陆勋所站的方向抬了抬下巴："陆哥肯定能教，就看他愿不愿意了。"

阮茶记得第一次见到陆勋时，他就是用一种她完全没见到过的泳姿，就像展翅的蝴蝶那样令人震撼。听完丁教练的话后，她觉得陆勋那时应该游的就是蝶泳了吧，她突然对这个泳姿十分好奇。

丁教练去带雨婷继续上课了，陆勋也朝她走了回来。

今天的课程对于阮茶来说是轻松的，下课的时候陆勋还对她说："以后的课都往后推迟一个小时，吃过饭再过来。"

阮茶在水中对陆勋挥了挥手:"教练拜拜。"

陆勋已经跨步上岸,回身掠了她一眼:"不走吗?"

阮茶趴在池边对他说:"我再练会儿,教练你先走吧。"

"注意安全。"说完陆勋便转身离开了。

阮茶在浅水区时那种恐惧的感觉会减退很多,不过今天课上不少认识陆勋的人会特地过来问他怎么跑浅水区来了,尽管陆勋可能维护她的面子,没有回应,但阮茶依然觉得自己还是得学快点,毕竟很少有成人学员来浅水区和孩子们一起学游泳。她也不想给教练丢人,打算以后只要有时间就留下来练习。

虽然今天陆勋并没有让她憋气,但是在课程结束后阮茶还是扒住池边自己反复练着憋气漂浮。

陆勋洗完澡后换上衣服刚准备离开,正好碰见刚进更衣间的丁教练,他对陆勋打趣道:"你那个学员挺认真的啊,还在那儿一个人漂着呢。"

陆勋乜了他一眼,打了声招呼便走了。

刚出更衣间,陆勋的脚步顿了下,折返回了游泳馆,不过并没有进去,只是靠在门边盯着浅水区练习平漂的身影。

经过二十分钟的练习,阮茶开始一点点松掉指尖,到最后完完全全漂在水面上。这次大概维持了十多秒钟,然后水花四溅,她开始慌乱。陆勋刚准备迈步过去,又停住了——阮茶自己挣扎着站了起来,虽然很狼狈,虽然整个过程对她来说惊心动魄,但这是她第一次在没有任何依赖的情况下从水中站起身。

这对她来说是件不可思议的事情,以至于她探出水面后还呆愣在原地,一时没有回过神来。两秒后,她捂住嘴,脸上满是欣喜。陆勋没再久留,转身离开。

就在他出了健身房没多久收到一条来自阮茶的微信,内容是:教练,我刚才竟然自己漂起来了![开心转圈圈.jpg]

陆勋想起她刚才漂浮成功后杵在水中蒙圈的模样,唇际出现了几不可见的弧度,回复:不错,明天见。

第八章 遇见你

阮茶临走的时候在前台又碰见那两个年轻姑娘了,两人主动跟她搭话:"美女,刚才教你游泳的是你教练吗?"

阮茶将手牌递给前台,回道:"是啊,怎么了?"

其中一个微胖的姑娘笑眯眯地说:"能帮我们介绍一下吗?我们也想学游泳。"

阮茶答应她们明天帮忙问问陆教练。

说来阮茶学游泳已经第五天了，其他教练的学员都络绎不绝，经常还会被一大群家长围着问东问西，就拿丁教练来说，刚才和她聊天的两分钟里，旁边就全是学员跟他打招呼，就连小孙教练也同时带了好几个小孩。下班以后是授教高峰期，大多教练的课时会一直排到晚上九点，但陆勋每天教完她似乎就走了，也没有其他学员的样子，给阮茶一种门可罗雀的感觉。

毕竟陆勋从不发朋友圈给学员"洗脑"，又不主动和会员搭讪，也不去维系潜在客户群体，不像孙教练他们，每天眼睛到处瞄，看到单独来游泳的都会搭两句。

她都怀疑像陆勋这么惨淡的业绩平时会不会"被考核"。

于是第二天见到他，阮茶便打算给他拉业务。走到陆勋面前，看见他在打电话，阮茶便在一边安静地热身。

陆勋今天依然穿着全套泳衣，却是分体式的，很有型。阮茶发现他的泳衣挺多的，虽然都是清一色的黑，不过好像都不便宜的样子。阮茶正在默默观察之际，忽然听见陆勋皱眉对着电话里说了声："别闹了。"

阮茶的动作缓了下来。她从未听过陆勋用这种口吻说话，声音里满是疲惫和无奈。

似乎是发现她在盯着他，陆勋回视了她一眼，阮茶赶忙移开视线，听见他对电话里说道："过段时间，我把手头事情处理完，下个月回去。"说完，他便挂断电话。

阮茶猜测着电话那头是谁，谁在和陆勋闹脾气？她的确是有些好奇的，但陆勋的神情已经恢复如常，开口问道："昨天能自己漂了？"

阮茶兴奋地点点头。陆勋站起身，身影立马高大起来，对她说："走，下水给我看看。"

他直接从池边跨了下去。虽然阮茶下到浅水区不像深水区那么狼狈，但还是无法像教练这么潇洒，依然小心翼翼的。

下水后，阮茶便热切地凑到陆勋面前，等不及地告诉他："教练，我给你介绍个业务吧！"

陆勋侧目扫来："什么业务？"

"昨天在浅水区的两个女孩想报你的课，特地让我今天来问问你。"

"哦，不带。"陆勋回得干脆，甚至没有任何犹豫。

阮茶诧异道："为什么？你不是每天走得挺早的吗？我看其他教练下班都挺迟的。"

言下之意他的课时并不满。然而陆勋却淡然地转过身正对着她，回道："我怕再带到像你这样的。"

虽然话里是嫌弃，却依然把双手递给了她。阮茶心里升起一股异样的涌动，脱口而出："那你不教别人了吗？我之前听张经理说如果介绍人过来学游泳还能抽成的。"

陆勋的视线压了下来："你缺钱？"

阮茶将手交给他，往周边瞥了眼，小声对他说："我打算抽成的钱也算给你。"

陆勋仿若听到什么好笑的事，眼尾的冷峻散去，稍一上扬："担心我饿死？"

阮茶睫毛掩荫："有点。"

陆勋嚯了她一句："先担心你自己今天的课程吧，走一个来回我就松手了。"

阮茶敛起表情认真起来。

浅水区整个环境对于阮茶来说压力要小上很多，但由于暑假的原因，小孩特别多，嘈杂混乱。在适应了二十分钟后，陆勋便开始尝试着松手并训练她在双手平举时蹬两组蛙泳腿，然后自己从水下站立。

头两次阮茶起身都很狼狈，但好在水浅，怎么也能站起来。陆勋单膝跪在池底，帮她分解动作。虽然阮茶知道池水太浅，为了能让她听见声音，陆勋才不得不放低身姿。可他这样的举动让阮茶有种被珍视的错觉,尽管她清楚陆勋这样只是为了方便教学,可她从来没有被人这么对待过。她没看过陆勋带其他学员的样子,她甚至想象着自己是不是独一无二的那个……

阮茶在水下胡思乱想,探出水面后忍不住问道:"教练,你后面不带其他学员了吗?"

陆勋手肘搭在膝盖上,视线荡过阮茶的脸颊,好整以暇道:"想知道?"

阮茶眨了下湿漉漉的睫毛,听见陆勋接着说:"来一次完整的动作就告诉你。"

好奇害死猫,阮茶还真有点想知道了。她潜下水,两次蛙泳腿后双膝弯曲,但诡异的一幕发生了,她的确按照教练所说的双膝收到胸口处,可是人却并没有直立起来,反而背部朝上在水下像个婴儿一样蜷缩漂浮着,怎么也正不过来。她就这样仿若水母宝宝一样漂了老半天,直到气没了手脚并用从水下爬起来,慌张地问道:"怎么回事?"

陆勋微垂的睫毛在射灯的光晕中投下浓密的阴影,眼里是柔缓的光,唇边也早已抿出了笑意。

这是阮茶第一次看见陆勋笑,他的轮廓在她眼里清晰起来,不再是严肃冷厉的样子,好像整个人都鲜活了,从眉眼、鼻梁到薄唇都灿若晨辉。

她不加掩饰的直视让陆勋清了下嗓子收起表情，调侃了句："起不来还一直蜷着？"

"……我，不是在等嘛，我以为漂一漂身体就能正过来的。"

陆勋眼里漾着清亮的光，让阮茶晃神，听见他说："我们换种方法吧，你试着双手往后划水再站起来。"

阮茶懵懵懂懂地点着头，陆勋的表情却在一瞬间变了，目光锐利地看向阮茶身后。阮茶回过头去，一群孩子在水下玩闹，并没有看出什么异样，然而陆勋却已经大步朝那群孩子走去，并迅速拎起一个男孩。在出水的那一刻，那男孩大哭出声，陆勋目光扫向池边，吼了声："谁家的孩子？"

一个奶奶模样正在和旁边人聊天的妇女回过头来，随后赶忙跑到池边问道："哎哟大宝，被谁欺负了？"

陆勋压下眉将吓得不轻的男孩抱上岸，对他奶奶冷言道："看好孩子，差点上不来。"

男孩奶奶一听这话脸色瞬间煞白。

阮茶有些后怕地瞧着池边哄孙子的奶奶和哭闹的男孩。

刚才那种情况，纵使她也往那处瞧了都没看出有人溺水，如果不是陆勋发现异样，几分钟的耽搁，一条小生命有可能就再也无法挽回了。

这样可怕的感觉撕扯着阮茶内心深处的恐惧，直到一道身影落在她的面前挡住了池边的两人。阮茶抬眸望着陆勋，眼里的光变得细碎："我都没看出来那个男孩溺水了。"

陆勋带着她远离池边，走去另一头对她说："不是每个溺水的人都会挣扎，特别像这种小孩，水进入呼吸道后根本无法挥手求救，三十秒内没被发现就迟了。"

阮茶听着陆勋的话，明明刚才还很热的身体瞬间打了个寒战："那你是怎么发现的？"

"直觉。"

陆勋回答她。见阮茶依然紧盯着他，他回视道："我的直觉没有出过错。"

时光如梭，记忆震荡在这片池水中，童年的经历和刚才的一幕揉碎在一起，她甚至想，如果那时她身边也能有个"陆勋"，那么她就不会经历那场生死浩劫，也不会在那以后的很多年里噩梦缠身，对水如此恐惧。

她低下头呢喃道："我没那个男孩幸运能遇上你。"

一声短促低沉的笑，阮茶抬起头的刹那，陆勋眼里摄人的光坚定笔直地落在她心尖。

"你现在遇见了。"

他对她说。

第九章

世界静止

阮茶的确是幸运的，起码在她想学游泳的时候遇见的人是陆勋，他无疑有着丰富的水下活动经验。

在他调整完抱膝浮体的策略后，阮茶发现双臂向下划水站立的方法对她来说更好使。

试过几次以后，她逐渐掌握到门道，情绪也慢慢放松下来。

陆勋居高临下朝她弹了弹指尖的水,问道:"还怕吗?"

奇怪的是面对同样一片池水,此时阮茶心里的那堵墙越来越松动了,她仰头回:"貌似……好些了。"

陆勋眼里是令人感到可靠的光:"学会浮体站立能消除对水的恐惧,离你的目标又迈进一步了。"

阮茶细细回味了一下,好像真是这么回事。她想起一个多月前的经历,不禁问道:"为什么之前的水不算深,明明能踩到底我却怎么都站不起来呢?"

陆勋告诉她:"溺水的时间往往很短,不一定是水深的地方才会溺水,恐惧会让你在瞬间大脑空白、反应迟缓,时间再长缺氧影响中枢神经,行动受限后就错过最佳自救时间了。水这东西吧,以后你慢慢了解它的脾气,顺着它来就能驾驭它,但是别想着完全征服它,哪怕有一天你技术再好都千万别有这种想法。"

阮茶凝神望着陆勋。她很难描绘他在讨论这个话题时的神情,自然亲近,就好像水是他的老友,他了解它的喜怒哀乐。

"你水性这么好也不行吗?"阮茶问。

"我也不行。"陆勋回得干脆。

"为什么?"她明明看过他在水下游刃有余的样子。

"对大自然的敬畏心。"

他回答她。

阮茶怔住了。陆勋的答案让她意外,明明应该是年轻气盛的年纪,然而他心中却像盛着厚重的羽翼,让他看上去比同龄人似乎更加沉稳。

"教练,你多大啊?"阮茶好奇道。

陆勋低眸望着她:"比你大。"

阮茶之前猜他顶多二十六岁的样子,现在又往后推算了一岁。

"不会二十七岁了吧?"

陆勋反问她:"二十七岁很大吗?"

"也不是,就是觉得你看上去还挺年轻的,但是又给人感觉比较成熟,有点矛盾,所以猜不出来你的真实年龄。"

陆勋垂眸浅淡地笑了下,很快笑意便消失得无影无踪,只是告诉她:"我二十七岁那年……"

他停顿了一瞬,转身离去丢下句:"石颂滩还算太平,下课。"

阮茶看向墙上的钟,不知不觉到了下课的时间。她还没明白过来教练口中的地方是哪里,他已经离开了。

通常课程结束陆勋都会到点走人,不多做停留,哪怕课上对她再悉心认真,但依然不妨碍工作结束后他立即收回所有专注。

一个人在浅水区练习,总要克服嘈杂的环境、周围人异样的眼光和自己的心理障碍,相比而言,陆勋在阮茶身边,她就不会有那么多顾虑。

所以每当这个时候,阮茶都会想起《灰姑娘》里十二点的钟声,她越依赖陆勋,这种下课后被丢下的感觉越会让她感到无所适从。

十几分钟后,泳馆门口进来一群人。还在带课的丁教练特地走过去喊了声:"高总,今天怎么过来了?"

那个被叫作高总的人是个四十岁左右的成熟男人,长相还算端正,一看就像精明的商人。随行的还有三人,两男一女。

高总对丁教练温和地笑了笑:"带人过来看看。"

说罢,他就转头对身旁的女人道:"我帮你安排,你有时间就过来。"

女人扎着高高的马尾,穿着露脐衫和高腰裤,背着名牌包包,视线扫过几个正在教学的教练,和高总打趣道:"高叔帮我找个靠谱的人啊。"

"那是当然的。"高总回道。

几人在泳池边聊了会儿。阮茶正好准备上岸,小声问了丁教练一句:"谁啊?"

丁教练压低声音道:"老板。"

阮茶有些诧异:"你们老板?"

丁教练点了点头:"应该是带朋友过来看看场地吧。你怎么还没走？"

"马上走了。"

阮茶又盯那些人看了眼便去换衣服了。

等她从更衣间出来的时候休息区坐了些人，阮茶一开始并未在意，直到去前台换手牌时，才感觉背后有道视线落在自己身上。她下意识地回头瞧了眼，目光正好和陆勋对上。

她以为陆教练早走了，却看见他此时坐在休息区的沙发上，他周围坐着的居然是刚才参观泳馆的几人。那个高总坐在陆勋正对面，高挑富家女坐在陆勋左手边，此时正在和他说话。

陆勋收回视线和身旁的女人交流了几句。

前台将卡退还给阮茶，她把卡放进包里，本来应该离开的脚步忽然又转了过去，几步来到休息区。

休息区边上有台饮水机，平时供会员自取饮水，阮茶弯下腰拿了个一次性水杯，听见不远处的高总说道："陆老弟啊，就算帮我个忙。晓颖是我一个老哥的女儿，她本身也会水，可能游得不好，你抽空指点指点。"

那个叫晓颖的女人手肘撑在圆桌上泛着笑，毫不掩饰眼里的兴趣。阮茶接好一杯水直起身子看了过去，原本目光低垂的陆勋抬起了视线。

他在看着她。有那么一瞬，阮茶感觉到自己的心跳几乎停止了。她不知道陆勋此时此刻为什么会看向她,她从他的眼神中读不出任何信息,只有黑沉的漩涡将她的思绪搅乱。

刚才课上她还问他打不打算带其他学员,虽然当时陆勋并没有回答她,但答案现在摆在了阮茶眼前。那种独一无二的对待被打破了,虽然她不想承认,又不得不承认自己心里有一点微妙的酸楚。

很快,她便拿着水杯转身走了,至于他们后来又说了什么,她也不得而知了。

说起来除了父母,最了解阮茶的莫过于大数据了。晚上回家阮茶刷手机时,APP总是给她推送很多游泳视频。

刷了很多蝶泳视频后,阮茶更加确定第一天被陆勋震撼到的画面正是蝶泳,而这种泳姿男人游起来力量感十足,蓬勃汹涌,女人游起来却又能显得优美无比充满律动感,像条轻松自在的美人鱼。

什么时候开始从完全排斥到会欣赏别人的泳姿,甚至越来越感兴趣,阮茶自己都没有发觉,可游泳这件事的确在以最快的速度占据着她的生活,让她吃饭、睡觉、地铁上想的都是这茬,对于学会游泳这件事也越来越执着。当然,这份执着中难免会出现另一个身影,就是不断带领她勇往直前的陆教练。

买了二十节课,阮茶倒是一点都不着急,哪怕二十节课全部拿来学蛙泳,只要能游起来,她就觉得物超所值了。

然而陆勋却在她能驾驭的程度上不断推进课程。

第七节课,阮茶比教练早到,她热完身先下去适应了一会儿水温。晚上七点二十八分,陆勋的身影准时出现在泳馆,视线掠过泳池锁定在阮茶身上。

阮茶对陆勋挥了挥手,陆勋点了下头。见她已经下水不需要热身,他便走到一边,将浴巾整齐叠好放在长椅上,然后取下他的黑色耳机摆放在浴巾上。

跨下水的时候阮茶瞥见墙上的钟正好七点三十分,一分不多一分不少。她感叹陆教练的时间观念总是那么强,她甚至都不知道他在不看手机的情况下是怎么能把时间拿捏得如此精准。

陆勋走向阮茶,对她说:"我们今天学换气。"

阮茶是有些心虚的,毕竟上节课才能脱离教练搀扶,这节课就要直接学换气了。她质疑道:"这么快吗?不需要再练练了?"

陆勋直视着她的双眼告诉她:"练习换气的时候同样可以训练蛙泳腿,没必要分开练。"

随即陆勋将她带去浅水区的顶头,那边有0.9米,和前几节课的教学环境相比,池水深了 0.2 米。由于这两天阮茶已经能够漂浮了,稍稍有了那么点水感,所以对于陆勋改变教学环境,她并没有察觉出来。

陆勋和她简单说了一遍换气的方法和要领,便拿了个漂浮板过来,让她蹬两次蛙泳腿后把头抬起来换次气找找感觉。

一组过后,陆勋没喊停,阮茶自己从水中站起身。陆勋穿着黑色速干衣抱胸俯视着她:"换到气了?"

"应……该吧……"

陆勋的眼神充满压迫感:"换到气不继续站起来干吗?"

"我感觉游不动了。"

陆勋似乎已经猜到她会这么说,淡淡回道:"闭气不往下吸能游动就怪了,我演示一遍,你注意观察。"

陆勋让阮茶站在池边,在离她十米的地方停住脚步转过身,随即他潜入水里。阮茶看见他的身体浮在水面,双腿微微浮动,身体几乎静止的状态向她靠近,只有换气规律地呈现在阮茶眼中。

可能是昨晚视频刷多了,有种被"洗脑"的感觉,今天阮茶满脑子都是蝶泳的样子,像着了魔一样。

陆勋离阮茶还有一米的距离时,从水中站起了身,阮茶忽然问道:"教练,你会蝶泳吧?"

陆勋抬眉睨着她:"没学会走就想跑了?"

阮茶笑了起来:"我就是想亲眼看看。"

陆勋走到她身边:"这里水太浅,游不了。"

阮茶失望地"哦"了声。她觉得陆教练在敷衍她,毕竟展示蝶泳并不在授课范围内。看见陆勋盯着她,她只有若无其事地收起表情。

期间两人都没有提起昨天的事情,仿佛休息区的撞见只是微不足道的插曲,阮茶没有问他后来有没有收下那个"白富美",陆勋也没提。

之后陆勋让阮茶扒着池边原地练习五十次换气,但是阮茶练习到十几次时就受不住了,频繁地下水使水压进鼻腔,鼻子酸酸的,连喉咙都跟着痛了。

在不知道呛到多少次后,她惨兮兮地抬起头:"好难受啊。"

陆勋坐在池边低眸看着她:"下潜的时候如果怕鼻子进水,你可以往外呼气。"

阮茶恍然大悟,自己试了一遍,抬起头的时候仍然不得要领。

陆勋单膝蹲下,对她说:"下来看。"

陆勋刚准备下水,阮茶一把握住他的手腕道:"等等,教练你不喊'一二三'吗?我好准备跟你同步。"

陆勋的脖子微微转动,视线落在阮茶白净柔软的手上,和他筋络分明甚至虎口还有道淡疤的手背形成了强烈的视觉反差，好像只看一眼，两人过去二十几年里的生活差距便能一览无遗。

察觉到陆勋目光的一瞬，阮茶已经缩回了手，眼神尴尬地向上飘去，听见陆勋吐出两个数字："一，二……"

没有"三"，他人已经下去了，阮茶也只好慌急慌忙地吸一口气跟着下水。视线落入水中的刹那，那些嘈杂的交谈、混乱的哄闹、四溅的水花全被阻隔在另一个世界，她眼里只有陆勋的样子，近在咫尺。

他没有戴泳镜却能够在水下睁着眼专心致志地看着她。在过去的岁月里，阮茶和千千万万的人对视过，可从来没有一双眼睛澄澈到让她感觉他的世界只有她。他漆黑的瞳孔将她完完全全盛满，里面藏着汪洋，似海、似浪、似苍穹，深不见底却又令人神往。

两串泡泡从陆勋的鼻腔冒了出来向上升起形成了白色的珠链，他指了指阮茶，阮茶也试着将气体从鼻腔里小心翼翼地排出。

她听见了"咕噜咕噜"的声音，也感觉到周围的水流里腾起一串小泡泡，这种体验对她来说是新鲜的。

她想起昨晚看的美人鱼吐泡泡小教程，于是抬手在呼气的时候双手一拉，一连串的泡泡在水下向着陆勋飞去，他的样子模糊了，然而人却并没有动。她想看清陆勋的表情，可自己的气快要用尽了,她有些不甘心,拼命憋着最后一丝气息。

在泡泡散去的那一秒,她看清了,陆勋在对她笑。他的表情是那样放松,完全不似在水中,眉宇舒展,露出了整齐白净的牙,像阳光洒进海洋,春风融化冰河,枯竭已久的渴望发了芽。

她的世界静止了。

第十章

吸引力

从水下上来后,阮茶看向陆勋。他眉眼依旧冷峻,和往常一样,让她产生了一种错觉。如果水可以致幻的话,她怀疑刚才看见的是另一个平行时空的陆勋。和他平时严肃的模样截然相反,水下的他轻松和煦,仿佛那才是他最自在的状态,他天生属于水下的世界。

也或许她无意间窥见到他的另一面，一个不太在常人面前表露的一面。他分明可以笑得那么明朗，却好似是个不太会笑的人，这让阮茶感到丝丝困惑。

正在她发呆之际，陆勋敏锐地伸出胳膊。紧接着，阮茶余光感觉到什么东西朝她撞来，等她侧头看去的时候，一个肥胖的小男孩狠狠摔在陆勋的胳膊上，他手臂青筋暴起硬生生接住了胖小子的重量。

虽然陆勋的手臂从她背后绕过，却丝毫没有触碰到她，但阮茶依然被他的身影笼罩着。这已经不是她第一次感受到来自他身上的安全感，仿佛只要待在他身边，任何外来危险都不用担心，他总是给她一种可靠的感觉。

可同时，他的分寸感也拿捏得分毫不差，在不必要的情况下，他总会和她保持着安全距离。这种感觉无时无刻不在提醒着阮茶，她和面前的男人仅是师生关系，甚至连朋友可能都不算。

在阮茶的认知里，会漂浮已经是会游泳了，然而陆勋却告诉她："不会换气跟旱鸭子没什么区别，学游泳对人来说不仅仅是锻炼，更重要的是学会自救，我对你的预期是往返一个来回，你就可以结课了。"

阮茶张口结舌地看了看这么远的距离，弱弱地问道："一个来回多少米？"

"二十五米。"

"也就是要游五十米不间断吗？这么长？"

陆勋看了眼墙上已经到点的钟，回道："这是短池，不长了，以后你有机会去长池就是一百米。你还练吗？"

阮茶也看了看墙上的钟，发现下课时间到了，她转头对陆勋说："我再练一会儿。"

陆勋点了下头："明天见。"

说完，他依然毫不留情地离开了。

正被陆勋说准了，换气对于阮茶来说才是最困难的。她以为自己翻过了一座山坡，未承想山坡后面还有座高山。和学习漂浮时不同，那时候是自己放不开，不敢跨越内心的障碍，但她知道跨过去自己就一定可以的。可换气对于她来说真的就是找不到窍门，有时候运气好能换到一两口，有时候一口气都换不到还呛好几口水。

没有陆勋在身边，她更加手忙脚乱，最后身体都在下沉，让她确实有些崩溃。本来刚克服的恐惧，随着一次次换气失败又堆叠起来，难免有些打击人。

小雨婷不像阮茶天天来，她还停留在第六节课，似乎也因为换气换不好进入了瓶颈期。阮茶晚上躺在床上想，游泳可真难啊，为什么会有人天生会游泳呢？这果真是个玄学。

不过好在第二天又是崭新的一天，她依然可以见到她的陆教练。他总有办法的，阮茶想。

再见面时，陆勋开始教阮茶如何配合着蛙泳手让脸浮出水面，进而完成换气。这其实有点像陆勋之前教她划水站立的姿势，只不过更加强调让她抱水。阮茶不太能明白抱水是什么意思。

陆勋便站在她的面前伸出手臂一次次示范给她看，并让她跟着练，阮茶做着做着就笑了起来。如果不是两人都站在水下，这样的姿势有种在做广播体操的感觉。

陆勋解释道："你换不到气的原因是头在水面停留的时间太短，加上你紧张，所以会导致你来不及换气，或者你刚准备换气头掉下去了，只能喝水。

"抱水的这个动作可以让你出水时间延长，掌握了就下水练。"

在阮茶刚准备浮起来试一次时，突然一个略微娇媚的声音从岸边传来："陆教练。"

阮茶和陆勋同时循声望去。

阮茶一眼认出是那个叫晓颖的"白富美"，不过今天对方换上泳衣了，还是千鸟格比基尼款式，肚脐上有个闪亮的脐环，看着就挺火辣奔放的，站在池边过于惹眼，以至于几乎整个泳馆的男女老少都朝她看去。

陆勋对晓颖说了声："你自己先游会儿。"

晓颖朝他比了个"OK"的手势。

陆勋收回视线的时候，阮茶安静地瞧着他。她眼型偏圆，眼珠子乌黑，似清泉般剔透，只是此时的眼眸里闪着微光，好像有些理不清的情绪在搅动着她的心弦，但她什么都没有问。

陆勋对她说："继续。"

于是他们完成了接下来的课程，像往常一样到点结束，但又和以往不一样，陆勋没有立即离开。和阮茶说完"下课"后，他便手肘一撑，直接翻到了深水区，晓颖靠在护栏上等着他。

陆勋一过去，她就热络地跟他攀谈起来。

阮茶依例要留下来多练一会儿的。通过这节课陆勋对她的指导，她知道了自己总是失败的原因，头停留在水面的时间太短了，一直换不到气，她还想独自练习一会儿。她总是整片泳池最刻苦的学员，就连孙教练他们抽烟的时候都会聊起她。教练之间对她的评价是，姑娘看着挺胆小的，不过人倒很执着。聊多了，大家会不禁关注她的进度。

今天的阮茶总是分心，她会忍不住看深水区那里。她以为陆勋没有答应带晓颖，可瞧着晓颖跟他说话的熟悉程度，好像并不是第一次接触的样子。也就是说，在她不知道的时间段里，陆勋应该带过晓颖。

也许是因为她蹲着的缘故,池水在她胸口波荡,她才会感觉胸闷闷的。阮茶这样想着。

晓颖和阮茶完全不同,她不怕水,敢一上来就在水里划,也一点都不畏惧面前男人冷厉的眼神,甚至还在陆勋微微皱眉时,朝他泼水带着撒娇的语气抱怨道:"你能不能别这么凶?"

陆勋歪了下脖子躲过晓颖泼来的水,晓颖朝他伸出手,娇嗔道:"你扶我一下,我试试看。"

阮茶听见声音,看向陆勋。他依然抱胸靠在池边,淡然地回:"你又不是游不了,自己来。"

阮茶收回目光,深吸一口气埋入水中。只有在水里她才能将泳池之上的世界屏蔽掉,可当她再次从水里站起身后依然控制不住看向深水区。

陆勋已经取下耳机,此时亲自下水带着晓颖。

阮茶在陆勋面前是有顾虑的,也有拘谨的一面。可反观晓颖,她要热情开朗很多,在水下追着陆勋,游不过就耍赖。

纵使阮茶在浅水区练习,依然不时能听见晓颖清脆的笑声,把她的注意力全部吸引走了,连她自己都不知道双手平举站在原地已经好几分钟了。

直到小孙教练路过她身边的时候,问道:"入定了?换气搞不定啊？"

阮茶这才回过神来尴尬地笑了笑："有点难。"

孙教练带着面前的小男孩回了句："正常，多练练就好了。"

阮茶点点头，但是她觉得今天有点练不下去了。她不在状态，思绪有点乱，一下水总是大脑空白，注意划手就换不到气，注意换气划手的动作又做不好，无法两者兼顾。

她又试了一次，依然是这样的，于是从水中站起身打算离开。

陆勋就站在离她不远的深水区背对着她，他正在纠正晓颖的动作问题，阮茶觉得有必要跟陆教练打声招呼。

她走到深水区和浅水区之间的护栏边，对着陆勋的背影喊了声："教练，我走了。"

没有回应，陆勋依然在和晓颖说话。

阮茶又喊了声："陆教练……"

只是她的声音渐渐小了下去。她突然发现陆勋的专注并不是对她一个人的，他面对晓颖时依然是很认真的样子，哪怕她跟他道别，他都没有在意。

一瞬间，阮茶感觉到自己内心深处那兵荒马乱的心弦随着池水来回摆荡。她无法继续待下去了，只有转身离开。

晓颖偏头看了眼说道："你那个学员好像喊你。"

这时陆勋才转过头，阮茶已经裹着浴巾往更衣间走去，晓颖继而说道:"她跟你说她走了。"

阮茶的身影消失在更衣间门口,陆勋收回视线。

游泳会让人饥饿,往常阮茶上完游泳课回家总想吃点东西,然而今晚她却没有什么胃口。

阮妈见她情绪不高,还劝了句:"实在学不会就别学了,大不了以后离有水的地方远点,也不会怎么样。"

阮茶却回道:"万一我以后有了小孩,自己都救不活怎么护着小孩,总不能不让小孩玩水吧,那童年多没意思。"

阮妈对于她操心那些八字还没一撇的事情十分无语,絮叨了一句:"你连对象都没有,还小孩呢!以后找个会游泳的不就行了。"

阮茶愣愣地看着阮妈。

阮妈瞥了她一眼:"看什么,我说错了?"

恰恰相反,阮茶觉得老妈说得挺有道理的,她这么怕水,的确应该找个水性好的男友。

可说到水性好,在她所认识的异性里好像没有比陆勋水性更好的人了。

关于又情不自禁想到陆勋这件事,阮茶感到有些困扰。不知道从什么时候开始,她经常会想起他,哪怕日常生活工作中,他的样子依然会时不时出现在她脑海中。

在那天陆勋拒绝了两个想报他课的学员后,阮茶有种自己是独一无二的错觉,她不得不承认她有些享受这种被特殊对待的感觉,直到今天晓颖的出现将她拉回现实。

虽然陆勋带不带其他学员根本不需要跟她打招呼,她也无权过问,这毕竟是他的工作,但阮茶依然有种一脚踩空的落寞感。

这种感觉在她看来十分危险。她仅仅认识陆勋十天,除了课上,他们几乎算是陌生人,她甚至不知道陆勋是哪里人,却对他产生了这种特殊的情感羁绊,这让她感到有些荒谬。

虽然客观来看,陆勋有健壮的身体、机敏的洞察力、专注的处事态度,也能随时解答阮茶心中的困惑,亦师亦友亦兄长,对于她来说,这个男人有着难以抵抗的吸引力。

女人天生会有慕强的心理,这么多天的朝夕相处,陆勋带领着她从完全畏惧下水到现在慢慢可以在水中游起来了,她不是个没有感情的机器,她会崇拜他,也会依赖他。

可是她无法判断这种吸引力来自于她对教练这个身份的仰慕,还是对陆勋这个人的好感。

这突如其来的情绪将她彻彻底底搅乱了,她甚至不知道明天该拿什么样的心态去面对陆勋。

于是稍晚些的时候,她给陆勋发去了一条微信,内容为:教练,我明天要出差,想请两天假。

办公室里的人都知道阮茶最近在学游泳,本来出差这活落不到她头上,但阮茶还是想让自己冷静几天,主动申请了出差。

这算是她学游泳以来第一次跟陆勋请假,她想自己会这么反常一定是最近天天和陆勋相处有关,如果两天不和他见面,也许这种异样就会平息了吧。

不多一会儿,陆勋回复了,仅有一个字:好。

第十一章 幸运儿

两天的出差很忙碌，阮茶几乎没有停歇的时间，因为结束这次访谈后他们团队需要定稿策划书，所有信息都很关键，她也不敢疏忽大意，头一天晚上一直和甲方核对到九点多，好处是，回到酒店倒床就能睡了，不必去思考那些令她彷徨的事、心系的人。

她也的确在刻意回避自己对陆勋的感觉，以为这样冷却两天后,所有关系就能回归到正常的位置。

但令她措手不及的是,当第三天她回到泳池畔看见陆勋在深水区的身影时,心跳的频率会那么快,仿佛就是一瞬间的事儿,从没有过,也无从理清,但是就这样发生了。

很快,陆勋发现了她,从深水区上岸朝她走来。她变得更加失措,眼神里都是无处躲藏的不安,直到陆勋停在她面前,身上的水珠顺着速干衣滑落,他垂眸有些探究地盯着她。阮茶不禁低下头,他的目光给她一种会烧人的感觉,她无法与之对视,她怕自己的小秘密会被他发现,对自己的教练产生这种感觉已经让她够窘迫的了。

随后,陆勋问道:"怎么不热身?杵这儿干吗?"

阮茶才走到角落放好浴巾开始热身。半响,她回过头的时候,陆勋就坐在浅水区的池边拿掉了泳帽瞧着她。三天未见,他似乎理了发,没有什么特别的造型,就是个略短的寸头,但却显得他整个人的轮廓更加清晰,眉眼浓郁,鼻梁挺立,很精神也很男人的感觉。

见她看了过来,陆勋的视线从她脸上扫过,似乎在甄别什么。那样锐利的眼神仿佛能将阮茶看穿,让她莫名紧张起来,几秒后,听见陆勋问道:"出差顺利吗?"

阮茶有些微愣,陆勋很少会主动问起她个人生活方面的事情,事实上，他们每节课的聊天内容几乎都会围绕着游泳相关的话题。

虽然这句话听上去像是个随意的问候，但也许阮茶本身出差的目的就不单纯，所以总觉得陆勋的问题也意有所指。她有些心虚地回："还算……顺利吧……"

陆勋没再说话，依旧这么瞅着她，目光深邃专注，落在一个人的身上时，总显得很认真，阮茶仅仅看了一眼便躲开了视线。

她也不知道为什么，今天有些不大能够和他对视，也许是心虚的缘故，她总会下意识偏开目光，即使下了水以后。

陆勋让她自己先练一次，他看看。

然而阮茶刚准备浮起来就慌忙地站起身，不过停了两天课，她竟然又有些畏惧了，尽管后来尝试重新漂浮，节奏还是乱的，有种一夜打回解放前的感觉。

陆勋坐在池边勾唇摇了摇头，对她说："你来，游到我面前。"

阮茶不太协调地游了过去，中途还停了两次，算是磕磕绊绊才站在陆勋面前。

他双手撑在膝盖上半弯下腰，语调从缓地说："知道之前为什么让你尽量不要缺课了吧？"

于是整节课陆勋都在带着她回忆上节课的内容并练习，课程又倒退回去了。

这时候阮茶才明白，原来人在没有完全学会游泳之前，几天不碰水的话，水感会流失，她不得不重复之前的学习。

她一直以为开课前陆勋对她的警告是想快点把她带出来，不想在她身上耽误时间，可直到今天阮茶才知道，她请假越多就会越费课时，因为总要占用时间练习前面的内容，一节课好歹也两百多块，相当于她一天的工资了，陆勋不想让她浪费课时。

其实很多教练都会故意延长课时，有的动作明明可以一节课就推下去，偏要分好几节课教。阮茶承认，她有些误会陆勋了，尽管有时候他给人感觉不近人情，可他起码是真的在替她着想的，这种踏实感不似私教和学员之间买卖课的关系，更像是真正的师徒。

课程快结束的时候，晓颖穿着泳衣出现了，她跑来蹲在池边摸了摸水温，然后朝陆勋的方向泼了一下。陆勋转过视线的时候，晓颖对他说："我先到旁边等你哦。"

陆勋点了下头，再转回来看向阮茶时，她的面部表情有些控制不住的尴尬，但起码她知道自己不应该表现出来，所以主动下水练习了。

等她再次从水下上来时，陆勋依然保持着刚才的姿势没有变，就连眼神都笔直地看着她。她甚至怀疑教练这么敏锐的观察力会不会看出自己的失态，但她自认为已经掩饰得很好了。

阮茶目光飘开看向墙上，然后收回视线对陆勋说："下课了。"

"没事的话自己再练一会儿。"

这是陆勋第一次在课后对她提出要求，也许是为了让她尽快赶上上节课的进度。

阮茶点点头，她本来也是这个打算的，希望能赶紧找回上节课的状态。

陆勋说完后便去了深水区。晓颖今天的泳衣仍然是分体式的，而且有些低胸的设计，她身材还算纤细，但是有些过瘦了，只不过很敢穿，特别是在陆勋面前，她毫不避讳地流露出撩人的姿态。

凭女人的直觉，阮茶感觉晓颖对陆勋有意思，她的表现方式跟阮茶完全不同，她敢用热烈的笑容和言语对待陆勋，而阮茶却有些怂。

或者也不能说是怂，只是阮茶觉得以她现在和陆勋的熟知程度，表白不太合适。

在感情上面，她其实有些"佛系"，那时候顾姜要去上海，也和她讨论过他们的以后，他甚至提出希望阮茶毕业后也能去上海发展，如果她胆子大些，顾虑少些，可能现在还和顾姜在一起。

看到晓颖能够毫无顾忌地跟陆勋相处，阮茶其实有点羡慕，但她做不到，在没有确切收到对方的信号之前，她是个不会轻易表露心迹的。

另一方面阮茶又有点丧气，前面的课程她觉得在浅水区上课还挺自在的，起码她能够放松下来。可看着陆勋在深水区教学的样子，她突然觉得自己有点不争气。

很明显，深水区对于陆勋来说更加轻松。由于身高的原因，他每次来浅水区不得不单膝跪着，要么就一直弯着腰来迁就她浮在水面的高度，有好几次陆勋起身时阮茶都看见他的膝盖被马赛克瓷砖磕出很深的红印子。

这是阮茶头一次产生了想去深水区游泳的冲劲儿。在这股冲劲下，她练习得格外认真，还跑去池边又练了一百次换气，试图让自己产生肌肉记忆。

总来锻炼的大爷早已熟识阮茶，游到第二道顶头的时候特地跟陆勋搭了句："那个姑娘虽然学得慢，但还挺能吃苦。"

陆勋侧眸瞧去，阮茶的脑袋一会儿探出水面一会儿又落了下去，像条认真的小泥鳅，那拼劲儿让陆勋感觉似曾相识。

阮茶练完一百次换气后，没有停歇直接扎入水中配合蛙泳手尝试练习。比之前会稍微好一些，但也并不是每次都能换到气，她在水下还无法控制自己的前进方向，不知不觉中便游到了孩子堆里。那些调皮的小男孩总喜欢在水里跳起来再让身体往下砸，溅起大片水花哄闹着玩。

阮茶透过泳镜看见那些男孩的时候已经迟了，一个孩子后仰完全将她压沉到池底。一切不过发生在电光石火之间，马赛克瓷砖瞬间撑到了她的泳镜前，刹那间池水涌进她的鼻腔。她挣扎着想起身，四面全是阻碍，有那么一秒，她思维真空，无力感以难以判断的速度攻占了她每个细胞，将恐惧传播进她的身体里。

混乱中水面上方笼罩下一片阴影，再然后她的胳膊被一股强大的力道从水中拽起。阮茶完全探出水面后才看清立在自己面前的人是陆勋，这一次，她成了那个幸运儿。

阮茶的思维还在被恐惧支配，刚上来的时候脸色煞白，意识无法回笼，一阵咳嗽后便捂着胸口大喘着气，那后怕的心悸让她身体发寒。

陆勋开口道："遇到这种情况，我和你说过应该怎么办？"

阮茶喉咙发痛，干涩地回道："憋气，让身体放轻松，等人流疏散再起来，或者继续游走。"

陆勋撇了下嘴角，没有责备，但显然在用眼神敲打她没有将理论转化为实践。

等阮茶缓过劲来时，才转头看了眼深水区那里。刚才陆勋明明还在另一边教学，几秒钟的时间他已经翻越护栏出现在她面前将她救起，似乎有些不可思议，但同时她也是庆幸的，庆幸他在这里。

晓颖也被刚才发生的状况弄得有些诧异,此时正站在深水区朝他们看来,恰巧和阮茶的视线撞到了一起。

也就是在这时,陆勋对阮茶说:"手给我。"

阮茶回头过"啊?"了一声,垂眸看见陆勋已经朝她伸出双手,她有些蒙圈地将指尖交给他,刚平息的心跳也跟着剧烈跳动起来,听见陆勋声音低沉地说:"两次蛙泳腿换一次气,我拉着你来两圈,注意换气节奏,我要听见你吐气的声音。"

阮茶看了看一边的晓颖,又转回头,睁圆了眼睛小声问道:"你不是还在带课吗?"

陆勋这才转过视线对晓颖说:"你自己游会儿。"

晓颖噘了下嘴扒在护栏上:"陆教练你有点偏心啊,这就不管我这个客户了?"

陆勋不置可否:"你也没给钱。"

晓颖不服气道:"她多少钱一节课?我给你三倍就是了。"

阮茶听见陆勋从胸腔发出一声极轻的"呵"声,他收回视线低头对她说:"来吧。"

第十二章

阮阮

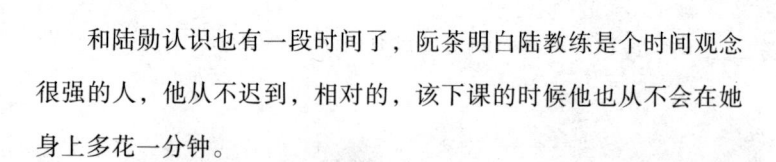

和陆勋认识也有一段时间了，阮茶明白陆教练是个时间观念很强的人，他从不迟到，相对的，该下课的时候他也从不会在她身上多花一分钟。

在这点上，他始终给阮茶一种公事公办的感觉。

这可以说是陆勋第一次在非上课时段带她。阮茶的确是有些意外的，所以她更加努力地去完成陆勋对她的指导。

"抬头慢一点，不要那么急着落下去。"

"你换到气了吗就低头？我拉着你怕什么，放松。"

两个来回以后，阮茶果然顺利多了，陆勋便松开了她，对她说："你自己来，注意抱水的速度，速度越慢，脸露在水面的时间越长。记住，这个速度永远是成正比的。"

阮茶将这番话在脑中过了两遍，然后点点头准备开始。

她在水下游，陆勋在她身侧跟着走，他的声音不急不缓地充斥在这片泳池。

"速度快了，慢点。"

"夹肘的动作没有，抱完水要夹肘。"

"背部放松，抬头不要抬背。"

"先屈肘再屈腕，用大臂夹，再来……"

…………

陆勋总能精准地找到她每次失败的原因，不断提醒着她。

在水下，阮茶对时间完全没有概念。不知道过了多久，陆勋突然对她说："停下。"

她探出水面，陆勋完全坐在了水中，对着她问道："是不是感觉气换不动？"

阮茶连忙点头："奇怪了。"

陆勋淡淡地睨着她："你气吐了吗？气都没完全吐出来怎么往里吸？"

"我没吐出来吗？"

陆勋被她理直气壮外加有点蒙的样子气笑了，垂了下眼睫，又抬了起来，对她说："我教你一种方法吧。"

阮茶也将身体落入水中，半蹲着，用小裙边在水下包住自己，好奇道："什么方法？"

阮茶和陆勋面对着面，她甚至能够看见他根根分明的睫毛被反射的弧光照出闪烁的样子，荡着微微的电流。

她听见他对自己说："你尝试去说'不''怕'两个字。"

"不怕？"阮茶想说其实她还挺怕的。

陆勋接着说道："发出'不'的声音，抬头的时候'怕'把气放出去，这样可以保证气体充分排出，你大概会有两秒的出水时间，所以吐出来就立马吸气，不要愣在那儿。"

在练习的过程中阮茶发现这是个验证排气很好的方法，通过声音来判断自己的吐吸情况，不像之前她自己都不知道有没有换到气，蒙蒙的。

虽然这两个字对她的换气是起辅助作用的，可就像洗脑一样，说多了，刚才意外带来的恐惧也就消散了，还真的不太怕了。

直到陆勋看了眼墙上的钟说道："不早了，今天就这样吧。"

阮茶才发现不知不觉都快十点了,晓颖不知道什么时候离开的,整个泳馆都没什么人了。

上岸的时候她不禁想到陆勋刚才和晓颖说的话,貌似晓颖是熟人介绍的原因,陆勋和晓颖之间并不存在课时费一说,但她显然不一样,耽误教练这么长时间,也挺不好意思的。

于是在披上浴巾后,阮茶试探地说了句:"教练,今天多出来的课时你记得扣掉。"

陆勋拿过浴巾直起身侧头,目光揶揄地瞥了她一眼,便转身离开了。

第二天阮茶再过来的时候,从前台记录中发现,陆勋并没有扣掉多出来的课时,算是义务加班了,还陪她练到健身房关门。阮茶心里荡起涟漪,她在更衣间换泳衣的时候还胡思乱想着,会不会陆勋对她也有些特殊的感觉?要不然怎么肯花时间留下来教她呢?

但这个幻想很快就破灭了,因为今天阮茶没有看见晓颖,她还特地问了陆勋:"你那个学员今天没课吗?"

"不带了。"

阮茶微微一愣,心脏里像安了一个摆钟,来回冲撞着,继续问道:"为什么?"

陆勋语气平淡地告诉阮茶："她本身就能游得起来，帮她梳理完动作就可以自己练了。"

"哦，她好像没来几次吧？我以为她还要学一阵子的。"阮茶没话找话，尽量显得不太刻意。

陆勋沉默了一瞬，而后抬眸沉声道："我不太喜欢复杂的教学关系。"

阮茶的睫毛轻轻地颤了下，侧头看向另一边假装不太在意的样子。

可当天晚上她就失眠了。陆勋说不太喜欢复杂的教学关系，所以结束了和晓颖的课程。晓颖对陆勋什么心思，她一个旁观者都能瞧得出来，陆勋那么敏锐不可能感觉不到，所以他指的"复杂"应该就是除了学习游泳之外的关系。

他的这句话同时也让阮茶的心情跌到了谷底，她甚至猜想陆勋会不会在借由晓颖这件事暗示她不要逾越。

如果陆勋也同样看出了她的心思，那这么做已经算给她留体面了，起码没像对待晓颖一样，直接停课。

阮茶是个懂分寸的人，在了解陆勋的想法后，她便尽量克制住那些不应该有的情绪，专心跟着他后面学游泳。虽然人的情感往往是不受控制的，但她起码不会有进一步的设想了。

大概是那天晚上陆勋对她突击补课起了效果，阮茶就像突然被人打通了任督二脉，没两天便掌握了换气的窍门，并且越来越顺利了。

陆勋第一次将她带回深水区的那节课，阮茶还有些担忧和害怕，但真正游起来后慢慢也就放松了。

不过每次游到一半她总会停下，陆勋问她："为什么不继续？"

阮茶总是找着各种各样的借口。

例如："前面有人游过来了。"

再例如："我体力不行游不动了。"

陆勋知道深水区对她的心理压迫感依然存在，他将她带到护栏边上，看着泳道里来来回回的人们，对她说："下面开始我就不下水了，我会在岸上纠正你的动作，你需要适应我不在你身边的环境。你看这里天天都有人，遇到对面游过来的人很正常，你不用管，继续游就行了。你必须要学会独自处理水下各种突发状况，懂吗？"

阮茶惊得转过头看向陆勋："你不下水吗？那万一别人把我撞到池底怎么办？"

陆勋的语气依然轻松而可靠："蹬两次蛙泳腿就上来了。撞到也是常有的事，不是很疼的话继续换气往前游，以后我不在这里，你总要自己面对的。"

阮茶怔了下,似乎抓到了什么关键信息,继而问道:"不在这里?"

"嗯,我要回天津了。"

水波荡漾,碎成无数个细小的光点,阮茶的视线就这样一瞬不瞬地看着陆勋浓郁的眉眼:"教练你是天津人?"

陆勋点了下头。

"那你以后不回来教课了吗?"

陆勋的手肘搭在护栏上,反问道:"你不会认为我能在这里当一辈子游泳教练吧?"

"所以……你要回去工作了?"

陆勋侧过眸目光幽深地看着她,有那么一瞬的静止。阮茶以为他会说些什么,但是没有,他只是这样看了她一眼,便挪开了视线盯着水面陷入沉思。

阮茶不知道此时的陆勋在想些什么,但是她突然伤感起来。想起前段时间听见陆勋电话里说处理完手头上的事下个月就回去,应该那时候他就已经决定回天津了,只是她不知道自己算不算是他未完成的事。

庆幸的是他有始有终,起码快要把她带出来了,终归没有半道放弃她。

阮茶没有办法想象陆勋不在这里以后她怎么办,光想到就开始觉得不安了。

一会儿后，陆勋转头望着阮茶有些无助的样子，笑道："怕什么？像我在的时候一样游。"

阮茶咬了咬唇，看着泳池的另一头。她总是很畏惧那头，每次游到一半就停下来了，因为那里标着1.5米，是整个泳馆水最深的地方，虽然不至于没过她的头顶，但过了胸口以上会让她感觉呼吸困难。

她还想讨价还价，声音微颤地问："非要今天游过去吗？"

陆勋看出了她的胆怯，和她并排站着望向对面，声音悬浮在池水之上，直击人心："你想真正克服对水的恐惧，这就是一条必经之路，我在终点等你。"

陆勋丢下这句话后就消失在阮茶眼前，等他再出现时已经游到顶端上了岸，然后对她招了招手。

阮茶双手平举放在水面上，就和她第一次学习漂浮一样，紧张不安。或许也是有些不一样的，因为这一次陆勋不在她身边，他不会再随时随地把她从水中捞起来，她要通过自己的努力游到他面前，也必须得游到他的面前，在他走之前。

深吸一口气后，阮茶依照陆勋教她的方法，蹬壁出发，身体拉成一条直线，瞬间提高前进速度，待速度放缓后开始用蛙泳的姿势向前游去。其实游到一半的时候,阮茶心里的那股压迫感驱使她好几次都想停下来,可每当抬头换气看见站在顶端的身影时,她都咬牙坚持了。

对于日常缺乏运动的她来说,从头游到尾是很累人的,最后几米的时候她全凭一股信念支撑着。眼看池壁就在前方,阮茶迫不及待地伸出手想抓住,视觉差让她抓了空,身体的节奏也瞬间打乱了。就在指尖离池壁几厘米的距离时,她忽然沉了下去,然而掉落的手腕却被人握住,连带着她整个人也被这股力量拽出水面。

陆勋攥住她的手腕将她的双手牢牢放在池边,俯下身嗓音厚重有力,穿过她的心脏告诉她:"阮阮,我不是在教你游泳,我是在让你学会上岸。"

阮茶掀开泳镜的一瞬,眼里雾气弥漫,闪着动人的微光。

在后来的很多个日夜里,阮茶都会时不时想起陆勋对她说的这句话。他告诉她,游泳的目的是为了上岸,训练很苦,但这都是必经的过程,在真正需要用到这项技能时,目的就只有一个——活下去。

这也是认识陆勋以来,他第一次叫她的名字。他唤她时的嗓音让阮茶有种回到家的归属感,不断回荡在她的脑海里,悦耳动听。

　　"阮阮"这个称呼是她的乳名，只有家里人会这么叫她，外面的朋友同事关系近一点的通常会叫她"小阮"或者"小茶"。

　　至于为什么第一次和陆勋接触阮茶就把自己的乳名告诉了他，她也无从解释。人和人之间的磁场有时候很玄妙，有的人相处好几年也不一定能信任彼此，可有的人一眼便能万年。

第十三章 愿你安好

能够从头游到尾的确给了阮茶一点信心,以至于下课的时候陆勋问她:"你走吗?"

阮茶回道:"教练你先走吧,我再游两趟。"

陆勋便起身了。但今天他没急着离开,而是走到一边和几个教练聊了会儿天,阮茶又独自从水深的地方往回游。

小雨婷也下课了，丁教练走了过来，问："陆哥，还没走啊？"

陆勋的眼神瞥着水中那抹身影："刚带来深水区，不放心。"

丁教练回头看见正在奋力游泳的阮茶，"啧"了声："不容易啊。"

陆勋交代了一句："后面我不在这儿，你们稍微照看一下。"

"放心吧。"丁教练拍了拍陆勋的肩。

阮茶上岸准备离开的时候看见陆勋居然没走，站在对面和几个教练员说话。似乎察觉到她的目光，陆勋偏了下头。阮茶对他挥了挥手，又指了下更衣间示意她要走了。陆勋对她点了下头，便收回目光。

最后两节课，陆勋连泳衣都没换，提了把椅子就坐在泳道顶端。阮茶有些发虚地提出："教练，你确定不先换个泳衣吗？万一我有状况了怎么办？"

陆勋戴着很酷的黑色耳机低眉瞅着她："就是不能让你产生指望我的想法。"

阮茶这才知道，陆勋是故意的。虽然他同样是坐在那儿，但穿着泳衣和便服对阮茶的心理影响却是不一样的，他总是能够精准地把控她对安全感的认知。

阮茶又情不自禁地想起上节课陆勋对她说的话"以后我不在

这里,你总要自己面对的"。

还有两天时间就结课了。想到以后不会再天天见面,阮茶忽然有些失落,她转过身去将身体埋进水里向着前方游去。

陆勋站起身盯着她的动作。这节课他将阮茶的蛙泳节奏调整为"一次腿一次手",并对她说:"之前让你蹬两次腿是为了给你充足的时间为换气做准备,现在已经掌握了尽量调整过来,不要急着换气,蹬完腿后可以漂一会儿,借着浮力抬头换气就行了。"

虽然陆勋之前也建议她调整到"一次腿",但阮茶在换气前似乎总要有很长的心理准备。

于是她问道:"不能两次蛙泳腿吗?"

"可以,你又不参加比赛,三次蛙泳腿都可以,只要你高兴。"

说罢,陆勋弯下腰瞅着扒在池边的阮茶,接着循序渐进道:"但你是女孩,不想姿势优美点吗?标准的蛙泳就应该是一次腿换一次气,你的身体在水下会呈现波浪形,如果适应了,这样会感觉更轻松。"

这个建议果然很顺利地说服了阮茶,她开始尝试调整为一次蛙泳腿,一旦掌握换气后,调整起来倒也并不算难,只要重新找准节奏就可以了。

今天的课程陆勋让她游十组来回就下课。最开始的几个来回,阮茶不是每一趟都很顺利，如果遇上对面游过来的人动作幅度太大，即使人家没碰到她，她自己就先慌了，好几次中途停止站起身，陆勋都会用一种冷厉的目光注视着她，让她不敢多加停留。

每次游回陆勋面前时，他会不轻不重地丢下一句评价"节奏乱了，蹬完腿漂一下再抬头"或者"这趟还不错，继续来"。

后面几个来回虽然阮茶体力有些跟不上了，但能明显感觉动作越来越熟练。她渐渐体会到陆勋总跟她说的"水感"，这种感觉有些奇妙，比如她开始会利用浮力抓准身体出水的时机换气，比她刻意把头昂出水面要轻松很多。这大概就是陆勋口中对水的感知能力吧。

最后一个来回的时候，阮茶看见陆勋拿出了手机站起身对准她，她尽量在水下把每个动作都做到完美。游到陆勋面前的时候，他按掉了录制对她说："游得挺漂亮的，待会儿把视频发给你，下课吧。"

阮茶脸颊发烫地看着他的背影。虽然她可以确定陆勋说的是她的泳姿漂亮，但第一次被教练夸赞的感觉依然让她心间暖暖的。

从更衣间出来的时候，她收到了陆勋发给她的视频。这是阮茶第一次看见自己游泳的样子，她以为会很狼狈，但实际上从视频里看还挺轻松自在的，要不是陆勋帮她拍了下来，她都有点无法置信。这个小视频她来来回回看了很多遍，透过陆勋的镜头看自己的感觉有些微妙。

想到明天就是最后一节课了，晚上阮茶辗转反侧，心里就像堵着一块石头，很想把它搬走，却又无能为力。这是她二十几年生涯中头一次产生这么强烈的无力感，像水中的鱼儿抓不住，天上的鸟儿碰不到，陆勋的离开大抵就是给她这种感觉。

和前一天一样，陆勋没有下水，穿着黑色半袖衫和牛仔裤坐在岸边。这是他们的最后一节课了，似乎没有多余的言语，一个在岸上，一个在水下，唯一的交流就是陆勋偶尔提醒几句，之后就完全放手了。

在水里游的时候，阮茶感觉自己像断了线的风筝，平时总是盯着她各种细节的教练，今天只是闲散地坐在岸边，甚至还不时把目光偏向其他地方，不太关注她的样子。

她不是第一天认识陆勋了，她清楚他并不是在消极怠工，而是在最后一节课的时候让她去体会没有教练看着时的状态。

可谁也没想到，今天课程刚过半，晓颖突然来了，她直奔深水区，见陆勋坐在那儿，仿若什么事也没发生一般笑着跟他打了声招呼："陆教练好呀。"

阮茶正好游到他们面前，看见晓颖，她都有些尴尬，反观陆勋的表情倒没有任何波澜，只是朝晓颖点了下头。

随即晓颖去了第二条泳道，下水后她转过头对阮茶笑了笑，阮茶也回以浅笑，然后晓颖就游走了。晓颖游的同样是蛙泳，到底是被陆勋点拨过，姿势也很养眼。

陆勋的声音出现在她头顶："继续，发什么呆？"

阮茶这才重新调整状态也向着对面游了过去，等再次游回来的时候看见晓颖正在和那个常来的大爷聊天。见阮茶过来了，大爷还热络地问了句："你们两个谁是师姐谁是师妹啊？"

晓颖玩笑道："什么师姐师妹？陆教练又没创立门派。"

大爷打着趣："同个老师教出来的还有高低之分呢，你们两个比画比画啊。"

晓颖双臂搭在池边，转头看向阮茶，眼里有着不明的挑衅，问道："比吗？"

本质上阮茶是不想比的。她抬头看了眼陆勋，本想征询他的意思，但见他双手抱胸，淡定地睨着她，没有发表任何意见，黝黑的眸子里是无坚不摧的力量感。

这一刻阮茶忽然觉得跟着陆勋学了这么久，这时候在他面前戾了，等于辜负了那么多课上他帮她建立的信心。

于是她收回视线，转头对晓颖道："那来吧。"

大爷一副看热闹不嫌事大的样子，主动当起了裁判，其他泳道的人还有一旁的教练们也感兴趣地围观过来。

比赛规则很简单，一个来回，谁先游回来谁获胜。

阮茶看着顶头那巨大的"1.5 米"标识，眼里骤然迸发出前所未有的果敢。

大爷一声令下，两人同时蹬壁向前。阮茶余光感觉到晓颖要领先她半个身位，她急得连蹬了两次腿后，耳边仿佛出现陆勋从第一节课时就反复叮嘱她的话"放松"。

仿佛就是一瞬间的事儿，阮茶便调整过来，她不再关注第二道的晓颖，周围的干扰在顷刻之间屏蔽掉了，心中只有一个想法——上岸。

不知不觉中她的速度提了上来，往回游的时候已经领先晓颖一个身位，却在这时她感觉到自己的脚踝在水下被人抓住，突如其来的受限将她的节奏瞬间打乱。

稳坐在池边的陆勋也在这时皱起了眉。状况发生得很快，甚至围观的人都没能看得出来，阮茶没有起身，她静静地憋住气，在脚踝被松掉后迅速调整状态，划手换气继续蹬腿。陆勋皱起的眉也渐渐舒展了。

与此同时，晓颖已经赶超了阮茶，阮茶并没有理会，依然专注于面前的泳道，她的身体中突然爆发出强烈的冲劲儿，速度肉眼可见地提了上来。

——"水这东西吧,以后你慢慢了解它的脾气,顺着它来就能驾驭它。"

那时的阮茶根本无法体会陆勋话中的意思,可也就是在这一瞬,她突然全明白了。她感觉到水流抚摸她每一寸皮肤的触感,也感觉到它向她展示出了阻力和浮力的规律,是那样鲜活灵动,就像在平地跑步一样自由,她突然就掌握了如何利用这个规律来加速。

"尽量减小阻力,把控臂腿配合的时机,提高推进效率。"这些陆勋反反复复提醒她的东西在刹那间转化为她对水的感知力,竟那样美妙。

以至于她游得太投入都没有关注旁边的对手,当阮茶碰到池壁浮出水面的时候,陆勋的眉眼就在她的正上方,他的眼里有笑意,是阮茶从未见过的神采。

她立刻转回头看向第二道,发现晓颖居然被她甩了将近十米远,她眼里的光瞬间亮了。

陆勋微微侧了下身子,对大爷说:"你试出来谁是我徒弟了吗?"

大爷对阮茶竖起了大拇指。

阮茶看向陆勋,眼里的光似奔腾的洪流,汹涌的海水,无尽的银河。

晓颖没能游过阮茶，自觉无趣不一会儿就离开了。

课程结束的时候阮茶还在水里，等她浮出水面后发现原本坐在椅子上的陆勋不见了。阮茶找了一圈都没见到人，她的心情一下子就沉了下去，最后一次见面了，就这么离开了吗？甚至都没有道别。

那种胜利的喜悦顷刻被冲淡了，阮茶失魂落魄地从深水区爬上了岸，拿过一旁的浴巾裹在身上。就在她准备离开的时候，余光看见一道身影从对岸跳入水中。

阮茶停下脚步转过身的刹那，整个人呆住了，那是她第一次见到陆勋时的画面。

像苏醒的逆戟鲸，白色翻滚的浪花簇拥着他，两臂同时跃过头顶，无法阻挡的气势令人震撼。

阮茶就这样怔怔地看着他。在过往的课上她曾经提出想亲眼看看蝶泳的姿势，可陆勋没有答应她，却在最后一节课的时候他将这个泳姿完完整整地展现在她眼前。阮茶眼眶微热，一时间各种情绪溢满心头，混乱得无以复加。

陆勋已经再次游到对岸。他直起身转过视线，目光越过整片泳池笔直地落在阮茶的身上。

隔着泳道，他们遥遥相望。这就是他们最终的距离，二十五米。

阮茶不确定陆勋的这个举动是不是在临别前满足她的小小心愿，她就当是这样了，当他送自己的出师礼，这样也挺好的，她知足了。

没有再道别，陆勋转身上了岸，阮茶也向更衣间走去。

冲进淋浴房的那一瞬，阮茶的情绪像决堤的山洪，明明连恋爱都没有，那撕心裂肺的感觉却像失恋了一样。她的拳头攥紧贴在墙壁上，她不甘心，不甘心连表白都没有就失去了交集，不甘心从明天起两人回归到彻彻底底的陌生人。

等她意识到这些后，已经站在花洒下二十几分钟了。阮茶像是突然清醒过来一般，用最快的速度洗净穿衣，背着挎包就奔去前台。换好手牌后，她拿出手机走到二楼平台，仿佛下了很大的决心才拨通了陆勋的语音通话。

电话刚通，她的右手边就传来了声音，一阵微风拂过，阮茶侧头看去，陆勋就靠在平台边拿着正亮着屏的手机朝她晃了晃，问道："找我？"

阮茶快速按掉了手机，在离他几步开外的地方僵硬地回望着他。陆勋似乎也才洗完澡，不知道在那儿站了多久，头发已经干了，换了套清爽的休闲装。在阮茶向他走去的时候，闻到了他身上冷冽清新的味道，好像喜马拉雅的冰山融化后的清泉，独一无二，刻在记忆里。

她停在离他两步的地方，拨弄了一下半干的长发，有些局促地说："就是想谢谢你这么多天的指导，我还挺难教的吧？"

陆勋的眼神依然牢牢地落在她的脸上，她颊畔的发丝被夜风吹起，轮廓柔美。

"还好。"陆勋这样回道。

他的语调里没有多余的情绪，回答也一板一眼，这让阮茶刚筑起的心防又垮塌了。

如果陆勋能有一点回应，哪怕一点点暗示，阮茶都会不管不顾地把心里话告诉他。但是他没有，一丁点能让阮茶捕捉到的蛛丝马迹都没有。

她的力气就像砸在了棉花上，无力感从她的瞳孔蔓延开来，所有话都到嘴边了，说出来却是一句："你什么时候回天津？"

"后天。"

阮茶没有想到这么快，喃喃自语道："后天啊，这么赶……"

她垂下眸掩饰着自己跳动不安的心。

陆勋移开视线不再看她，而是看着楼下川流不息的街道和行色匆匆的路人。沉默了一会儿，他突然开口道："你上次问我是不是回去工作，我其实是回去结婚。"

"嘭"的一声，身后有会员出来把门关得很响，阮茶心里的弦仿佛也随着这声巨响断了，脑袋发蒙，一时回不过神来。

起初她还庆幸刚才没有说出口，否则他们俩得多难堪啊！

可几秒过后她便反应过来，其实她根本不用说出口了，陆勋应该早已察觉到，所以上次在水下他没有将这件事告诉她来影响她的课程。

而现在冷不丁地说出来也是在打消她的念想，他总是在用最温和的方式回绝她，让她不必念念不忘，因为这份期待不会有回响，而这一次，阮茶读懂了。

她的幻想在听见这句话后彻底粉碎了，她不会去招惹一个即将迈入婚姻殿堂的男人，这是她的底线。

在这场还没来得及说出口的情感里，她输得一败涂地，连翻身的机会都不会再有了。

阮茶渐渐垂下眸对陆勋说："恭喜你。"

她的声音很平静，平静到没有一丝波澜，可陆勋的视线仍然凝重地望着她。阮茶立马转过身去躲开他的眼神，克制住起伏的情绪对他说："没别的事，就是想跟你道个别，那我先走了。"

她离开的脚步有些匆忙，她尽量掩饰得很好，没有将自己的脆弱流露出来。她不想让陆勋为难，可也许正是这匆忙的脚步暴露了她的兵荒马乱。

陆勋沉寂地注视着她的背影,直到她走到拐角处突然停住,随后转过头来,陆勋的目光没有再挪开,依然在漆黑的夜里深深地望着她。

阮茶对他扬起了笑容,说道:"教练,保重。"

…………

"保重"这个词在中文里是道别时嘱咐对方照顾身体,好好生活的意思。

可在成年人的世界里,它还有另一重意思——愿你安好,不复相见。

下卷·
他的岸

第十四章

真相

阮茶离开的时候太匆忙了，后来她觉得自己走得狼狈，像是在逃离这场本不应该存在的情感，以至于都没有好好地和陆勋道个别。

不管怎么样，陆勋教会了她游泳，在他严厉的方式中给了她最大的耐心。他不仅让她掌握了这项技能，更为重要的是，他推了她一把，教会她克服内心的恐惧，让她爬上了岸。

阮茶是感激他的，这份感激承载了她二十几年的心魔，但是临别前却没有机会好好说出口，甚至连顿饭都没机会请，她心里是有愧的。

第二天的时候阮茶选了一款泳帽当作礼物送去了健身房，她没有留下自己的名字，只是将泳帽放在前台，包装上写了四个字"转交陆勋"。

之后她就没有再联系过他了，她甚至不知道那顶泳帽最后有没有到陆勋手上，但一切都不重要了，她只是默默地做完这件事，为这段时间的课程画下了句号。

陆勋的朋友圈动态一直没有更新过，好像就这样彻底消失了。

后来的很长一段时间阮茶没再去过健身房，无数次从门口路过她都会抬头盯着二楼平台瞧上一眼，但又会下意识地避开那里。

入冬后，游泳的人越来越少，阮茶的工作也逐渐忙碌起来，那段学习游泳的经历便成为她漫漫人生长河中的一个插曲，可偏偏是这短暂的插曲时常让她在某个特定的时刻想起。

她依然记得陆勋的眉眼，炯亮、坚毅，亦如晨起的朝阳，是那样的特别，可她再也没有遇见过能像他那样直击人内心的男人。纵使她的工作越来越顺利，薪资也比刚毕业那会儿高不少，但她始终单着，寻寻觅觅，遇不上合适的人。

过了二十五岁后，阮茶就感觉自己被上了一根发条，即使自己不着急，周围的人也会开始催促，就连一向不怎么念她的阮妈也通过各种关系拉她去相亲。

阮茶在老妈的苦口婆心下陆陆续续见过两三个，每次见完面就没有下文了。

阮妈终于看不下去了，问她到底要找什么样的。

阮茶几乎想都没想就脱口而出："身高一米八五左右，五官端庄，精神饱满，身材……"

"我看你偶像剧看多了，多大的人了尽想些不切实际的，真有这样的人，凭什么轮到你？"

阮妈打断了阮茶的话，阮茶干笑了下没再接话。她其实很想说还真有这样的人，她就遇见过，只不过被老妈说对了，轮不到她。

冬去春来，天气稍暖和些的时候，阮茶去"速搏"办了张健身卡，却一直拖到快入夏才有时间去游泳。

这是她结课后第一次回到泳馆。再次换上泳衣踏入泳池的那一刻，一切都是那么似曾相识，她还是会下意识地寻找陆勋的身影，仿佛他依然在这里，准时准点地出现在她眼前。熟悉的环境和泳馆特有的味道，这一切都让她紧张起来。

时隔将近一年的时间，重新下水她还是会害怕，没有陆勋在身旁，她仿佛失去了依靠，甚至一开始都没敢独自去深水区。

游泳私教流动性大，之前很多脸熟的教练都不在了，取而代之的是一批没见过的生面孔，就连和她加过微信的孙教练也回小学去当体育老师了，唯独丁教练依然坚守在这里。他还记得阮茶，一看见她就和她打了声招呼："你好久没来了啊。"

阮茶也很诧异："你还认得我？"

丁教练对她笑了笑，他正在浅水区教一个九岁的小男孩，见阮茶独自站在池边，特地走过来问了句："要带吗？"

阮茶瞥了眼他面前正在练习漂浮的男孩，没好意思麻烦他，说了声："谢谢，你先忙。"

等丁教练课程结束再回头去找阮茶时，发现她已经跑去深水区游起来了。

自那以后，阮茶每周都会去游两三次，偶尔碰上丁教练会互相打声招呼。她的水感也一点点重新找了回来，甚至在有些不太会游的会员眼里，她还算比较厉害的。

暑假的时候，她又见到了小雨婷，被妈妈送来跟着丁教练继续学习自由泳。不过一年没见，小姑娘身高长了一大截，练习打腿格外认真。

有时候阮茶在这里游,丁教练带着小雨婷在旁边的浅水区练习,这样的场景恍惚得让阮茶感觉时光回到了去年,只是她的身边没了陆勋。

有次课程中途休息,丁教练转头问了阮茶一句:"你是不是还有几节课啊?"

阮茶点了点头,她当初二十节课没有全用完,最后还剩下几节课,陆勋走后她也没来过了。

丁教练问道:"要不要学个自由泳?"

阮茶愣了一瞬,才转头对他笑道:"再说吧。"

她不是不想继续学,只是没想过再跟着其他教练了,可她的教练不会再回来了。

有次晚上,她游得比较迟,一个大姐问她是怎么学会游泳的,阮茶如实告诉对方是在这里找的私教。

大姐感兴趣地问道:"哪个教练啊?我也找他报课。"

"他不在这里了。"阮茶告诉她。

丁教练正在旁边带一个成人的课程,闻言插了一句:"她的教练不带学员,你要想学可以到办公室了解下。"

阮茶想起从前跟着陆勋学游泳的时候,除了晓颖是熟人拜托他带了两节课,的确没有见过他带其他学员,那时候她好心介绍业务给他,还被他拒绝了。

阮茶游了两趟停在丁教练不远处，见他的学员去洗手间了，便抽空问道："为什么陆教练不带其他学员？"

丁教练靠在池边反问她："你不知道吗？"

"我知道什么？"

丁教练被她的反应弄蒙了："你不是认识老陶吗？不然陆哥怎么肯教你的？"

阮茶有些愕然："你说的是你们游泳部的陶主管吗？我不认识他。"

丁教练顿了一会儿，忽然笑了起来："到底是什么人乱传的话，我还以为你是老陶家亲戚才请得动陆哥呢。"

阮茶越听越迷糊，试探地问道："陆教练他……"

"他不是这里的教练，当然不带学员了。"

水流从阮茶的周身波荡着，她的心情也跟着起起伏伏，秀气的眉峰渐渐拧起。阮茶回忆起一年前来这里报课的场景，那时看见陆勋游泳很厉害，对他萌生崇拜，一心想跟着他学，在陶主管的办公室里点名要他教，以为他的学员满了，陶主管才会那么为难，却不知道他根本就不是游泳教练。

阮茶一双眼睛逐渐睁大，有些不敢置信地问："你说什么？陆勋不是教练？他不是……天天在这里吗？而且对这里很熟啊。"

"当然熟了,他是'速搏'的股东。"丁教练回。

阮茶依然站在水里,却感觉平静的水面荡起了阵阵波涛涌进她的心底,掀起巨浪。她无法相信自己居然荒唐地拉着一个健身房的股东让他教自己游泳,这一切都太不可思议了。

丁教练见她蒙圈的模样,搭了句:"我以为你知道呢。"

阮茶喃喃自语:"我不知道,我怎么能想到一个股东能教我游泳?"

她质疑的表情引得丁教练发笑,调侃道:"陆哥虽然不是专业教练,教你游泳还是绰绰有余的。他曾经是一名海军正营职军官,十八岁就在海里漂了。"

这些信息猛然落在阮茶面前,让她一时间无法消化。陆勋专注的神情、冷毅的眉眼、坚定的眼神,还有他身上那些来历不明的疤痕,一幕幕、一帧帧呈现在她的记忆中,曾经她试图给他安上各种背景似乎都无法和他的气质相匹配,而这一刻,一个身份跃然而出。

"海军……"她情不自禁叹道,有意外,有震撼,更多的是一种刻在国人骨子里的肃然起敬。

丁教练见她震惊的模样,打趣道:"是不是觉得挺自豪的?被个海军军官教会了游泳。"

阮茶的确被一种受宠若惊的情绪围绕着,她并不是陶主管的亲戚，她只是歪打正着在那个炎炎夏日遇见了陆勋，并执意要上他的课。

她至今都不明白陆勋最后为什么会同意带她，是考虑到健身房的经营？是不让陶主管为难？还是帮其他教练分担她这个大麻烦？抑或是他们之间那浅薄的缘分。

她不得而知，更遗憾的是她可能这辈子也不会知道了。

丁教练的学员回来后他便继续上课了，直到他的课程结束上岸后，阮茶才追上他问道："你说陆教练之前是军人，怎么会投资健身房呢？"

丁教练停下步子跟她闲聊了几句："听说是伤病退役的。你没发现他听力有问题吗？"

这句话仿若一枚炸弹丢进阮茶的脑中，让她的脑袋"嗡嗡"作响。她当即想起了陆勋那个造型奇特的耳机，即便在水中教学他也时常戴着，她曾经还问过他这个耳机的牌子，陆勋用沉默代替了回答。如今想起来，懊恼的情绪让阮茶的心脏瞬间拧了起来，声音都有些扭曲地问道："他那个耳机是……助听器吗？"

当看见丁教练点头的时候，阮茶懊悔地捂住了嘴："我真的没发现，他不是什么时候都戴着的，有时候没戴耳机也能正常沟通，我压根儿没往那方面想。"

"也不怪你看不出来，陆哥那性格是不肯轻易服输的，退役回来后为了学唇语，整天抱着手机看新闻，花了不少功夫，所以他不戴助听器也能跟人沟通，一般人很难发现，我也是跟他认识了好一段时间后才听同事讲的。"

他告诉阮茶："陆哥和高总之前就认识。他退役后，高总要在这里搞健身房，拉他入股，他就投了一笔钱，基本上不怎么管事。

"具体的，我也不太清楚，就听人讲过，说陆哥有个出生入死的战友被大海卷走了再也没找到，他也是死里逃生。刚退役的那年，他好像患上了应激障碍症，对水特别恐惧，他是个狠人，天天过来逼自己往水里跳，硬是把这障碍克服了。

"就这耳朵应该是没办法好了，在水下一旦发生意外，往往水压造成的损害是不可逆的，这也是没办法的事了……"

丁教练的每一句话都让阮茶无比震惊，以至于她整个人都恍恍惚惚的，她想起了很多之前和陆勋相处的点滴。

他和人说话的时候总会十分专注地盯着一个人，起初让阮茶对他产生别样的信任也正是因为他这份专注。后来她发现陆勋和晓颖说话时眼神也那样认真，这还一度让她感觉有些酸涩。现在才回过味来，陆勋是在努力分辨对方的唇语。这个真相仿若当头一棒，把阮茶的心脏敲得四分五裂。

她甚至还记得有一次陆勋背对着她带晓颖上课，她喊了好几声他都没有搭理她。这件事让她郁闷了好久，还请了两天假以此来回避他对自己的冷漠。

当真相迟了这么久才来到她面前的时候，阮茶的心情顿时不太好受。在她被那么多莫须有的猜忌困扰时，却根本不知道陆勋的难言之隐。

他的欲言又止，他的刻意回避，他的分寸感和距离感，他们之间连朋友都做不成的界限，这一切都在一年后得到了答案。

当天夜里，阮茶躺在床上久久无法入眠。她不断回忆起陆勋曾经和她说过的话，似乎在记忆中找寻蛛丝马迹，可真的回想时才发现陆勋和她说过的话真的很少，而大部分是和游泳有关的。

她好不容易在记忆中搜寻出三个别样的字"石颂滩"，那次是她在猜测陆勋的年纪，她以为他二十七岁，然而陆勋却告诉她："我二十七岁那年……石颂滩还算太平。"

阮茶立马从床上爬了起来打开电脑搜寻"石颂滩"。这是她第一次通过互联网了解到石颂滩的地理位置和历史背景，从二十世纪九十年代的勘探船遭包围，一直看到前几年石颂滩对峙事件。

二十五年前邻国用机枪逼退我国勘探船，二十五年后局势发生逆转。

她不知道陆勋是不是曾经在那里服役,也不知道他是不是去过石颂滩,甚至参与过那里的作战任务,但想必,作为一名中国海军,他始终心系南部。

在那一刻,阮茶是震撼的,甚至每一根汗毛都是竖起的。从前她只看到祖国日益强盛,不再受小国欺凌,却从未看到强盛的背后是无数个像陆勋那样的战士挺身而出,守护每一寸山河。

而她居然有幸跟着一名曾经的海军学习游泳,这样的感觉奇妙到让她觉得有些不真实,以至于再次躺在床上身体仿若置于云端,轻飘飘的,骄傲自豪,无法言喻的激动。

第十五章

重逢

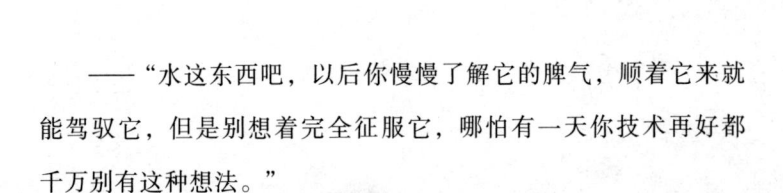

——"水这东西吧,以后你慢慢了解它的脾气,顺着它来就能驾驭它,但是别想着完全征服它,哪怕有一天你技术再好都千万别有这种想法。"

——"你水性这么好也不行吗?"

——"我也不行。"

——"为什么?"

——"对大自然的敬畏心。"

阮茶不知道陆勋当初在对她说出这句话时,是否想起了他牺牲的战友,他们都是水性很好的战士,却终究敌不过大自然的残酷。

明明应该正值当打之年,然而他心中却像盛着厚重的羽翼。

直到听说他的经历后,阮茶才明白他身上的沉重感从何而来。那承载着他一生志向的羽翼在他最好的年华里被生生折断了,得有多痛才能让那么坚毅的人患上创伤应激症,她无法想象。

在和丁教练聊过陆勋的事后,阮茶时常会想起他,无论是休息区还是泳馆,好像总有陆勋的影子。好几次阮茶都有种感觉,仿佛他就会站在拐弯处,在某个不经意的时刻出现在她眼前。

虽然他不会再回来授课了,但他是"速搏"的股东,她是会员,这种微不足道的联系让阮茶每次踏入健身房的大门都有一种没来由的归属感。

她依然会经常来游泳,也会盯着教练休息区发呆,好像在等着永远不可能等来的人。

春去秋来,在这儿待的时间长了阮茶才知道,原来这里学游泳所谓的"包教会"是指从池边游到第一根柱子的距离,通常教练员带到这种程度就结课了。虽然学员当下能游得起来,但一个冬天过来很多人就会打回原形,还需要再上巩固班,不知道这是不是一种授课套路。

相比而言,陆勋当初对她的要求真的很高了,在她刚学会换气的时候就带她来了深水区一趟趟地拉体能。那时的她不懂,还经常在心里腹诽,叫苦连连。

她曾经问过陆勋:

"如果我学会了,一段时间不游是不是又不会了?"

他告诉她:"那是没完全学会,真正会游是不会忘记的。"

阮茶用了一年的时间明白了陆勋当初的用心良苦。看多了别人的教学课程,她才认识到陆勋不仅让她学会了游泳,更重要的是让她找到了水感,这种感觉可以让这项技能伴随她一生。

而那些过去她从未在意过的细节也在后来逐渐清晰。

或许对于每个不会游泳的学员来说,畏水都是很正常的现象,可陆勋却敏锐地发现了她藏在心里的秘密。在找她聊过后,他把她带去了浅水区,让她暂时远离深水给她带来的压迫感。在得知她下班就赶来上课后,他把课时往后推了一个小时,给她留出了吃晚饭的时间。当时的阮茶并未在意,隔了这么久再去回味,她才体会到在她和陆勋还很陌生的时候,他便一直照顾着她。

不知道是不是因为他们有过类似的经历,正因为自己淋过雨,才会想给她撑伞，帮她克服对水的恐惧，明明他对自己那么狠，却到底没有用同样的方式对待她。

在后来的很多个日夜里，阮茶才终于想明白当初的陆勋为什么会对毫无交集的她伸出手。

可是她想明白得太晚了。如果相遇时她就能够知道，也许不会在心里偷偷怪他严厉，不会经常反抗他的命令，所有事情都会不一样吧。可又能怎么样，她终究不会走进他的生命中。这样的现实让阮茶每每想起来都仿若窒息般难受。

他把她带上了岸，可他的岸呢？

她不知道，正因为不知道，才会无比牵挂。

她问过丁教练陆勋的现状，但丁教练告诉她，自从去年陆勋离开杭州以后，他们就没见过了，大概也只有高总和他有联系。

阮茶知道他口中的高总就是"速搏"的老板，然而她并不认识。自那以后，陆勋这个名字就像一根刺扎在她的心底，每当想起他的时候她的心脏都会隐隐作痛，又似乎拔不掉，任由其在她心脏上扎根、泛滥、无可救药。

夏天很快过去了，阮茶的生活依旧在既定的轨道上前行。在参与了几个大型策划案后，阮茶升为了组长，开始尝试独挑大梁，工作也越来越繁忙。

暑假结束的时候，小雨婷学会了自由泳。看着她速度很快地蹿出去，阮茶有点羡慕，蛙泳的速度到底赶不上自由泳，可她还是固执地游着陆勋教给她的动作。

入秋后的一天周末，阮茶游完泳背着运动包离开，才走到电梯口就看见一个穿着风衣的成熟男人站在电梯门前低头看手机。

阮茶走到他身旁，透过电梯门上的镜子默默打量着他，在他抬头的瞬间，阮茶认出了他，是"速搏"的老板高总。虽然曾经只有一面之缘，但他的长相很有特点，阮茶还能记得。

电梯门打开后，高总绅士地让阮茶先进，阮茶拉了下运动包迈入电梯，随即高总也走了进来按下一楼的按钮。

电梯行进的过程中，阮茶几度想开口询问陆勋现在的情况，可话到嘴边到底觉得不大合适。她和高总并不认识，陆勋也已经有了家庭，即使问到了又能怎么样？

电梯很快到了一楼，阮茶还在出神，身边的高总已经率先迈了出去。没听见身后动静的高总突然转过身来盯着阮茶问了句："你就是陆勋以前带过的那个学员吧？"

阮茶猛然抬起头，有些愕然地盯着电梯外的高总，电梯门在这时自动关了，她赶忙按住开门键一步跨了出去："你认识我？"

高总双手插在风衣口袋里，笑得温和："听晓颖提起过你。"

见阮茶没说话，他补充道："我见他带你上过课。"

她这才恍然，微微垂了下眸子，再次抬起视线，声音发紧地问："他……我是说陆教练现在过得好吗？"

当这句话真的问出口时，阮茶并没有感觉松口气，反而一颗心吊到了嗓子眼。

高总的表情有些难以捉摸，沉吟片刻，反问她："你是指哪方面？"

阮茶没想到高总会这样问，一时间没接话。也正是这时他的手机响了，高总说了声"抱歉"，然后接起电话往停车场走去。

他匆匆讲完这通电话打开车门的时候瞥见阮茶依然站在远处看着他。高总扶着车门回视着这个神情忧愁的年轻女人，手指轻轻敲打了两下车门，斟酌几秒提声告诉她："他过得不太好。"

这句话像烙铁烫着阮茶的五脏六腑，她可以接受他家庭美满、婚姻幸福，唯独无法接受他的日子不顺遂。每当想起他过得不好，阮茶的心情就翻江倒海般难受。

好几次她点开他的微信想问问他的近况，可一年多没有联系，她怕自己太唐突会打扰到他，还是一次下班和同事喝了酒后才壮着胆子给他发了一个"好久不见"的表情包。

可令她意外的是，她已经不是陆勋的好友了。整个晚上，她盯着那个刺眼的红色感叹号怔愣。

她和陆勋是茫茫人海中的陌生人，他们没有共同的朋友，没有联系的途径，一个在天津，一个在杭州，毫无交集。她不知道陆勋的生活发生了什么，她无能为力，而这种无力感使她再次尝到了溺水的滋味，这一次没有人能救得了她。

那晚她喝得酩酊大醉，似乎是毕业以来第一次把自己灌醉，回家后还被老妈上了好几天的思想教育课。

可成年人的世界里没有那么多时间悲春伤秋，一场宿醉过后，她又不得不对脚下的路负责。

整个冬天，组里都在忙成都春季会展的活，从年前忙到年后，阮茶同时负责了两个案子，过年都得抱着电脑走亲戚。

她也早已不是刚毕业的愣头青，对下要兜住组员时不时闯的祸，往上要应对领导的各种拍脑袋方案，对外还要周旋于客户之间，让她的抗压能力日趋加强。不知不觉中，她渐渐蜕变成了一名睿智冷静的职场女性。

三月底的时候两个案子同时收尾，阮茶连续加了一个礼拜的班，每天都是赶着最后一班地铁回家，有天晚上没赶上，碰上大雨她站在路边叫了好半天车都没叫到。

写字楼旁边的公寓里走出来一个身材曼妙的女人，径直走向停在路边的保时捷。阮茶抬起伞盯着那个女人，在她快要上车的时候喊了声:"晓颖。"

女人愣了下,抬起头看向她,似乎没有把她认出来,收回视线上了保时捷,车轮缓缓滑动,停在了阮茶面前,晓颖落下车窗对她说:"去哪儿?上车。"

阮茶收了伞拉开车门,系好安全带抬头的时候,阮茶的目光落向晓颖搭在方向盘的手上,她的无名指上有颗夺目的钻戒,在昏暗的车内闪着光。

晓颖低眸扫了眼对阮茶说:"我结婚了,去年。"

阮茶这才回过神来,道了声:"恭喜。"

阮茶的家不算远,晓颖顺路将她送了回去,两人并不算熟,一路上只是客套地聊了两句。

车子停在小区门口后,晓颖问她:"是这里吧?"

阮茶解开安全带回:"是,谢谢你了,回去慢点。"

她打开车门一只脚已经跨了出去,身后的晓颖却冷不丁地问了她一句:"你和陆教练还有联系吗?"

阮茶扶着门的手指微顿:"没了,结课后就没联系了,听说他回去结婚了。"

就在阮茶以为没有下文的时候,晓颖的一句话让她收回了手。

"他没有结婚。"

阮茶瞬间回过头死死盯着晓颖,惊愕的神情从她的瞳孔逐渐蔓延开来。

她重新坐回车中，关上了门，怔怔地盯着玻璃上不断滑落的水珠，声音是她也没料到的紧张："他……到底发生了什么事？"

晓颖："你知道他的背景吗？"

阮茶摇了摇头，她对陆勋一无所知，他在她眼里就是一个谜团，向往却也神秘。

然而很快晓颖便撕开了这层神秘的面纱。她告诉阮茶："陆教练家在当地很有分量，本来陆教练也能和他父辈一样，有大好的前景，也有门当户对的亲事，前途一片光明。

"可惜出了意外身体落残退役回来。大概这件事让女方那边对他有了看法，虽然一开始同意订婚也是考虑到他们家的背景。

"不过陆教练回天津后，拒绝了家里的安排，不肯走仕途这条路，女方劝不动他，所以在结婚前一天突然悔婚。这件事在当地闹得很大，两家都有头有脸的，尽管把事情压了下来，不过没有不透风的墙，他也从家里出来了。

"听说陆教练从小就很优秀，在他们那个圈子里一直出类拔萃，被毁婚后多少人等着看他笑话……"

在听到这里的时候阮茶握着伞的指节渐渐收紧，她以为他早就有了家庭，却根本不知道他离开后的生活发生了这么大的变故。

她无法想象那么骄傲的人啊，将自己的青春献给了国家，想用一生的热血和汗水御敌于国门之外，却无奈要离开自己最引以为傲的职业，这本就剖心泣血，却在归来后遭遇众叛亲离。

阮茶的心仿佛也在跟着滴血，她无法接受自己那么仰慕珍视的男人被别的女人抛弃，他不过失去了听力，他甚至自学唇语，和常人无二，为什么命运要这么对待他？

还有四天阮茶就要出发去成都了，可这四天里她寝食难安，一想起陆勋她的心口就会阵阵发紧，可她必须拿出最佳的状态执行亲自领头的策划案，为了这个案子，他们已经准备好几个月了。

阮茶和同事一行四人飞往成都，三天的会展他们忙得脚不沾地，最后一天连顿火锅都没吃上又要赶飞机。

到达机场的时候已经不早了，他们稍作休整就听见了登机的广播，同组的倩倩还在洗手间没回来，阮茶拿着她和倩倩的包焦急地张望着。登机口排起了长长的队伍，周围的人一下子多了起来，阮茶让其他两个同事先登机，她去找倩倩。

就在她往洗手间疾步走去的时候，迎面而来的一个大妈和她撞了下。阮茶右手的包落了地，她回身捡包的瞬间瞥见远处几个商务男士之间立着一道有些熟悉的身影，西装革履，背影挺拔修长，明明她没有见过他穿西装的样子，却觉得那个背影似曾相识。

阮茶顿时愣在当场，双手却被突然握住，刚从洗手间赶回来的倩倩气喘吁吁地说："快点走吧。"

阮茶的视线还落在那个男人身上，手臂被倩倩拽着，脚步跟来了登机口。刷过登机牌进入闸口后，她猛然转身，体内的血液不停沸腾涌上大脑，就那么一瞬间的冲动之下，她不顾倩倩的催促跑回了闸口对着远处大喊："教练！"

"陆教练！"

男人的背影似乎僵了一下，很快侧头朝她的方向看了过来。他戴着黑色的口罩看不清脸，可那坚定不移的目光，只一眼便让阮茶热泪盈眶。那个无数次浮现在她脑海里的男人竟就这样出现在她眼前，在离她十几步之遥的地方看着她。

她高举起右手朝他挥舞着，动容地再次喊道："教练！"

陆勋回头和面前的几个男人说了句话便转身朝她大步走来。他的身影在阮茶的瞳孔中不断放大，这一幕虚幻到让她感觉在做梦，直到陆勋的脚步停下，他们一个在闸口内，一个在闸口外望着彼此。

阮茶的呼吸起伏不定，旁边的工作人员不断催促她，倩倩也在身后喊着她。没有时间了，隔着长长的闸道，阮茶急切地朝他伸出手。陆勋垂眸看着她努力伸到自己面前莹白的指尖，微愣了下,将手从西裤口袋里拿了出来握住了她。

阮茶声音发颤地对他说:"我是阮阮,你的关门弟子,你还记得我吗?"

陆勋原本锋利的眼型弯了起来:"我没失忆。"

在听见他声音的一瞬,阮茶的心理防线彻底崩塌了,她一双水润的眼里噙着无数的流光溢彩,语无伦次地说:"我想学自由泳。你也知道我比较难教,别人很难教会我,你还愿意教我吗?"

陆勋攥着她冰凉的指尖目光深邃地望着她,声音沉缓地打在她的耳膜上:"如果有机会的话。"

机场工作人员再次催促道:"女士,摆渡车就要开了。"

陆勋看了眼阮茶身后的同事,轻轻松开了她,声音稳妥和煦:"进去吧。"

阮茶指尖的温度消失了,眼眶里浮起一层温热,隔着如此近却又那么远的距离对他说:"下次,下次见面你教我好不好?"

目光纠缠间,陆勋落下了一个铿锵有力的字:"好。"

笑容在阮茶的脸上绽放开来,她挥挥手跟他道了别:"再见,教练。"

"再见。"

她带着这怀念的声音迈入了身后的门,可就在玻璃门合上的一瞬,她才突然意识到忘记了最重要的事。

阮茶将包扔给倩倩,手忙脚乱地翻出手机转过身焦急地望着陆勋,他依然站在闸口前。阮茶低头慌乱地捣鼓手机,把二维码贴在玻璃上,不停指着手机。她不知道陆勋能不能明白她的意思,泪水模糊了她的视线,无数个日夜的辗转和惆怅如汹涌的波涛,酸楚溢满心间,直到她看见他拿出了手机。

第十六章 留个纪念

倩倩来公司仅仅半年的时间,她从未见过阮茶情绪失控的一面,在她眼里,这个年长她两岁的组长总是很温和,不会发脾气,似乎也没有情绪大起大落的时候。她想闸口外的男人一定对组长很重要,组长才会流露出如此哀伤不舍的神情。

　　整个飞行过程中,阮茶的心情始终悬在心口。一落地,她便打开了手机，可是预想的好友申请并没有出现，她甚至整整等了一个星期都没有等来陆勋的消息。

那种兴奋期待到失望落寞的情绪像毒药在她身体里发作，她总是在想，他明明拿出手机了，为什么没有加上她？

直到偶然的一天，她突发奇想让同事拿着她的手机贴在玻璃上，然后绕到外面看了眼，冰凉的感觉从头蔓延至脚。她忘记自己的手机贴了防窥膜，那种角度和那么远的距离，陆勋根本不可能看到她的屏幕。

匆匆一眼后，他们又像断了线的风筝，她始终无法忘怀他掌心短暂的温度和那有力可靠的触感。

晓颖说他离开家了，是否因为个人选择而和家里闹掰了？他为什么会出现在成都？他离开天津了吗？他现在又在哪儿定居？

所有的疑问变成了无解的谜团。

为此，她做了件疯狂的事。

阮茶认得晓颖的车子，她花了些功夫找到了那辆保时捷从而再次联系上了晓颖，可晓颖却告诉她陆勋原来那个号不用了，自己现在也没有他的联系方式。

这似乎解释了阮茶始终联系不上他的原因。不知道是不是那场变故，让他决定丢掉过去重新开始，只是这样她也没有办法再找到他了。

晓颖感觉出了阮茶的焦急，答应帮她联系高总，要到号码就告诉她。

茫茫人海中，这成了阮茶最后的希望。

在阮茶还没等来晓颖的消息时，却等来了上海的会展。这次部门大领导亲自带队，一行人开了辆商务车从杭州直奔上海，由于他们是承办商的合作方，所以直接被安排入住会展中心酒店。

这次上海会展的规模很大，好在伙食和住宿都是五星的标准。第一天展会上举办了很多大型活动，闲暇之余阮茶还和同事去观赏了一番。到了第二天早上，领导把他们召集起来开了个小会，说今天会有一批受邀方来参展，这其中有不少潜力客户，他和承办商谈到了一个桌位，到时候他们就把从公司带来的宣传册放在上面，让阮茶和另一个业务也比较熟悉的男同事负责发放。

他们对面的那个展位很大，是做户外运动品牌的，还有两个混血模特站台，吸引了不少人，从早上起就人满为患。

下午两点过后，阮茶见暂时没什么人，便和身边的男同事说了声，也跑去转了转。很多黑科技运动装备让阮茶大开眼界，业务小哥看她是对面过来的，主动跟她攀谈起来。聊了一会儿后，身边的工作人员突然全部站了起来，阮茶也诧异地回过头去，看见展会门口走进来一群穿着体面的男人。

和她聊天的业务小哥也立马直起了腰板，整理了一下衬衫对阮茶说："投资方来了。"

阮茶见他们要忙了，便不再打扰往回走。男同事见那架势，诧异地问了句："来的什么人啊？"

阮茶随口回答道："资方'爸爸'。"

男同事恍然"哦"了一声，跟她说："对了，你手机响了。"

阮茶从桌子下面把手机拿出来顺道朝对面望了过去，人群中一个挺拔的男人走了出来和经理握了握手。时间在那一刻静止了，阮茶的表情当场石化，怔怔地望着那个身姿如松的男人。

似是察觉到了她的视线，在被引去里面参观的时候，男人回眸朝她的方向看了一眼，随即停下了脚步。

男同事在旁提醒阮茶："看什么？刚才有人打你电话。"

阮茶机械地低下头扫了眼，手机上有个未接来电是晓颖打来的，外加一条短信，内容是陆勋的手机号码。

当她再次抬头的时候，她寻寻觅觅的人近在咫尺，一条过道之隔，她听见了春暖花开的声音，从心底发了芽，舒展开茎叶，畅快淋漓。她忽然笑了起来，眉眼弯成了好看的月牙。陆勋虽然戴着口罩，但她知道他也在对她笑。

后来他们没有机会说上话，陆勋一行人被领去里面谈事情了。

阮茶时不时抬头看向对面，大约一个小时那些人才再次从后场出来，品牌方的领导们亲自送着他们。阮茶的眼神牢牢锁定在陆勋身上，她不知道他是不是要走了，心情开始变得急切起来。

却在这时陆勋回过身来看向她，随后抬步朝这边走来。阮茶站在桌子后面，一颗心"扑通扑通"跳得厉害，当陆勋的视线落在她的脸上时，她感觉整个人都在燃烧。

他停在桌前，目光炯然地望着她。阮茶抬起头刚说出一个"你"字，那些跟着陆勋一道来的人全都走了过来，瞬间小桌旁边围得全是人，还七嘴八舌地问他们公司是做什么的。

旁边的男同事见状立马开启了三寸不烂之舌。阮茶和陆勋相顾无言，她低下了头，陆勋则顺手拿起了桌前的宣传册，状似随意地问了句："哪个门通往会展中心酒店？"

阮茶抬眸不解地看向他，却看见陆勋弯起眼角，睫毛缓缓眨了下。这一瞬，阮茶有个大胆的猜测，她不确定陆勋是不是那个意思，思忖了一下告诉他："东南门那里有个过道。"

陆勋朝她点了下头，然后拿着宣传册便转身走了，跟他同行的人也一起去了其他展位。不一会儿，陆勋的身影便消失在阮茶的眼中，可她的心跳却并没有平复，反而越跳越快。

十多分钟后，她和身旁的男同事说了声："我去下洗手间。"

然后，她匆忙往东南门的那个过道走去。短短的几分钟路程，她紧张得血液沸腾,她怕自己猜错扑了空,又怕见到他时的那种情怯。

然而当她拐过弯来的时候,空荡的过道没有一个人,她的心情仿若从高山跌入谷底,甚至一时间傻站在那儿没有回过神来。直到听见身后一声轻咳,她才猛然转过视线。

陆勋就靠在那儿,在另一边的过道安静地注视着她。她变样了,起码比起两年前看上去要成熟一些,出落得更加精致动人。

阮茶回身朝他走去。这一次他拿掉了口罩,她看清了他的样子,比从前消瘦了一些,反而显得轮廓更加清晰。她从前没有看过他穿正装,这样看来真的像是行走的衣架子。她都忘了陆教练有完美的身材,他本该就可以驾驭各种风格,只是一时间阮茶还有些不习惯。

走近了她才看见他的手上还拿着他们公司的宣传册,册子正好翻开在团队介绍那一页。

高跟鞋发出清脆的声音,由远及近停在陆勋身前。真这样面对着面,阮茶却有些不太好意思直视他了。

她低眸盯着宣传册上自己的照片,出声道:"你还拿了我们的册子?"

陆勋的声音落在她的头顶:"能送我吗?"

阮茶笑道:"你要这个干吗?"

他的语气里带着几分轻松:"留个纪念。"

阮茶抬起双眼,脸颊微烫:"纪念什么?"

陆勋没再回答,只是将册子拿到胸前,手指停在她的照片旁,笑着看她。阮茶侧过头去,也抿唇笑了起来。

等她再转过头的时候,忽然大着胆子朝他迈了一步,扬起双眸直视着他,问道:"你只想要照片吗?"

两人的距离骤然拉近,阮茶闻到了他身上清泉的味道,鼻尖一酸,差点红了眼眶。陆勋低头深看着她柔润的眉眼,他的手机响了,陆勋将手机拿了出来,看见是一串陌生号码,就见阮茶拿着手机在他眼前晃了晃,有些俏皮地扑闪着睫毛:"教练,不要再把我弄丢了。"

陆勋低头笑着将她的号码储存下来。阮茶见他给她的备注似乎打了不止两个字,好奇地伸过头去。陆勋却适时锁了屏幕将手机放入西裤口袋中,抬眸时眼里蕴存着光看着她。

旁边的大门被人打开了,亮光刺得人眼疼,阮茶皱起了眉,陆勋扶着阮茶把她让到了墙边,侧过身子替她挡去了刺眼的亮光,将她完完全全笼罩在身前,扶在她腰间的手便再也没挪开。隔着并不算厚的布料,阮茶感受到腰间的大掌,他眼眸专注而摄人地瞧着她,空气里全是暧昧的味道,阮茶感觉自己的心脏插上了翅膀，整个人仿若悬空般不真实。

然后她听见陆勋说："那些人还在等我，我们一会儿要赶去另一个地方。"

阮茶的眸光不停跳跃着，她也不知道自己当下是什么感受，只是灵魂在飘浮，陆勋的声音变得缥缈。

他见她沉默不语，语气稍放轻缓了些，对她说道："傍晚前能回来。"然后松开了她。

直到阮茶往回走的时候还在回味着他临别时的那句话。他告诉她傍晚前能回来是什么意思呢？是打算约她见面吗？阮茶不能确定，可让她脸红心跳的是，陆勋的那句话听上去真像是在哄人，就好像她不高兴他离开了，他在安抚她一样。

所以一下午，他的声音都在阮茶脑中回荡。她承认自己有点魔怔了，她迫不及待再次见到陆勋，在他们俩都不太忙的时候。

第十七章 泳池等你

令阮茶没想到的是,下午会展结束大家正在收拾东西的时候,突然有个似曾相识的声音叫住了她。这个声音久远到阮茶一时间在脑中都没有把声音的主人搜寻出来,直到她转过身看见挂着蓝色参展牌的顾姜时,才突然想起他也在上海工作。

多年未见,没想到会以这种方式碰上面,难免有些尴尬,阮茶身边同事领导都在，顾姜也是和同事出去送东西，他匆匆问了句："你住旁边吗？"

阮茶有些生疏地答道："是啊，你也在这儿参展？"

顾姜指了指二楼对她说："我们在上面。"

见她还在忙着，他便笑了下："待会儿见。"

阮茶也客气地点了下头。

顾姜走了好远还回过头来瞧着阮茶，阮茶则继续弯下腰收拾展会的东西，及肩的半长发绑了个简单的低马尾，一缕发丝顺着柔润的脸颊滑落在耳畔。她这做起事来严谨认真的模样让顾姜想起大学时她在图书馆的窗边背单词的模样，只是现在的她看上去更加干练了。

旁边的同事见他回过头，便问了句："那女的谁啊？"

顾姜收回视线，眼里久违的情绪融化开来："朱砂痣。"

阮茶把剩余的东西打包好交给保管的同事，她手上的活没有停，内心却并没有表面那么平静。严格说来，顾姜算是她的初恋，他们当初分开没有争吵，也没有原则问题，就像被洪流冲散的人群，只是走着走着就丢了，好像连一句分手都没正儿八经地说过。

再次见到他，心中虽没了波澜，依然会感叹曾经那段稚嫩的恋爱，两人都不会处理彼此的关系，才走到无疾而终的那一步。

这个插曲过后,阮茶随同事们一起回酒店稍作休整便下楼用餐了。

酒店的自助很给力,光是几十种海鲜和多国料理就让人胃口大开,还有设计宽敞高档的用餐区。这里无疑成了参展的人们最享受的地方,加上无限畅饮的鸡尾酒、香槟,不少公司的人在闭展后过来洽谈闲聊。

忙碌了一天的同事们一进来便被美食吸引,很快四散分开了。阮茶随便拿了些吃的,前一天听同事说这里的松茸冰激凌不错,于是绕到冰柜前弯下腰看着琳琅满目的冰激凌,还没决定伸手,身旁却响起一个声音:"空腹吃冷的不怕胃疼吗?"

阮茶侧过头去,顾姜穿着干净的蓝色衬衫站在她面前,指了指不远处的桌子对她说:"我找好位置了,一起吗?"

说完他顺手接过了阮茶的餐盘,一切都是那么随意自然,好像许久未见的老友,让阮茶也不好意思跟他客气。

她跟着顾姜走到餐桌前。待她坐下后,顾姜又起身替她拿了饮料和一些女孩子喜欢的甜点。

他们面对面坐着,聊起同学和学校,气氛意外地和谐,只是都敏感地避开了他们那段过往。

阮茶也从顾姜这里得知从前认识的一些学长学姐后来的发展。曾经一帮无所畏惧的年轻人,现在也都在各行各业沉淀下来。

后来顾姜问起她的近况："你还和家里人住吗？"

阮茶搅动着面前的饮料，回道："是啊，还住家里，离公司近。虽然我妈很烦我，但我真要搬远了，她肯定一天打三个电话盯我。"

顾姜缓缓垂下了眼帘，一时间陷入了沉默。阮茶也突然意识到什么，他们当初分开就是因为距离的原因，她不愿意离开家里，而顾姜却要留在上海发展，虽然杭州离上海并不算远，但就是这两百公里都不到的距离让他们分道扬镳。

阮茶端起水杯以喝水掩饰两人之间略微尴尬的沉默，也正是在这个时候，她的余光瞥见一群人从餐厅正门走了进来，然后被服务生领到预留的圆桌前。阮茶一眼瞧见了陆勋，他果然如下午所说，赶在傍晚前回来了，彼时脱了西装坐在靠里的地方。他依然戴着助听器，只是小巧多了，不注意看几乎不会在意。

他的身上没有商人的世故和圆滑，就连坐着都身姿挺拔，毫无松懈之态，偏偏这样的气质在人群中总能散发出一种霸气，让人不自觉以他为中心，不敢怠慢。

自从他走进餐厅后，阮茶的目光就被他吸引了过去，面前却响起了顾姜的声音，顾姜似乎考虑了良久才终于下定决心开口道："从前是我不成熟，怕耽误你最后连个交代都没有，你怪我吧？"

阮茶的睫毛颤了下，她以为这会是个稀松平常的偶遇，却没想到顾姜主动提起了他们那段不堪回首的分别。

此时陆勋忽然扬起视线在用餐区扫视了一圈，很快便将目光落在阮茶这桌。

阮茶随口回了句："都过去了。"

而后她发现了陆勋的视线，笔直锐利，带着她无法阻挡的温度。阮茶一下子就变得局促起来，眼神心虚地闪躲开，虽然她也不知道自己为什么要心虚。

听见顾姜接着道："我一直觉得挺可惜的，那时候刚进社会，就想着拼一拼事业，现在回过头来看，有些人一旦错过可能就不会再遇上那么合适的，你说是吧？"

阮茶又瞥了那处一眼，发现陆勋的目光还没有移开，只是换了个姿势，手上拿着红酒跟旁边人碰杯，然后看着她抿了口，眼里是让阮茶无法琢磨的神韵。在他的注视下，阮茶莫名紧张起来。

她有些心不在焉地回："是啊。"

她也觉得有些人一旦错过了真的很难遇到合适的了，比如陆勋，寻寻觅觅，也只有他的一个眼神能让她如坐针毡。

可顾姜似乎会错了意，他的神情变得热切起来，身子向前倾了倾突然开口道："下半年我们有个项目要在杭州落地，我打算申请调回去。"

阮茶这才感觉出不对劲，"啊？"了一声，随后又"哦"了一下。

顾姜见她没有任何回应，一时间也有些猜不透她的想法，便没有再进一步。

阮茶不是觉得顾姜不好，他长得还算眉清目秀，在自己的领域也作出了点成绩，加上他们知根知底，只是她骗不了自己的内心，明明坐在顾姜对面，心却早已飞去了陆勋那里。

后半段的用餐过程对阮茶来说是种煎熬，她几次想赶紧结束，奈何顾姜十分殷勤，她根本没有机会打断他源源不断的话题，特别是在陆勋时不时的关注下，她的心情像放在热锅上的蚂蚁。

好不容易看见一个同事用完餐往外走，她赶紧喊了一声，然后对顾姜说："我们待会儿还有个会，那你慢用。"

起身跟上同事后阮茶才终于松了口气，可还没缓几秒，顾姜又追了上来对她说："阮茶，方便再跟你说几句话吗？"

同事见状跟阮茶说："那我先上去了。"

阮茶只得点点头，然后跟顾姜走到不远处的角落。

这一次顾姜把话挑明了，对她道："如果下半年我回杭州你还愿意再见我吗？"

阮茶为难地紧了下眉，顾姜进一步说道："我听丁晴说了，你也一直单着。其实前段时间就想联系你，又怕你还在怪我。"

既然一股脑把想说的话倒了出来，顾姜也干脆说得彻底，情绪有些激动起来,一把攥住阮茶的手腕对她说:"给我一次机会好吗?我不会再让你失望。"

旁边一群人走过,熙熙攘攘间不少人投来目光,阮茶冷不丁对上陆勋的眼,慌乱地抽回被顾姜攥着的手。陆勋的目光在她的手腕间停留片刻,步子却并没有停下,只是淡淡地瞥了她一眼便跟着人群离开了。

阮茶慌忙地丢下句:"谁说我单着了?"

她对顾姜撒了个谎,也并不是故意的,只是当下那个场面,被陆勋撞个正着,她的手腕还被其他男人拉着,她有种百口莫辩的狼狈感,一时情急便脱口而出。

直到回了房间她都感觉狼狈不堪,想找个地洞钻进去。

她想找陆勋解释,可他不是她的谁,她莫名其妙找他解释这些似乎也有些奇怪。

在床上翻来覆去半天,阮茶一下子坐了起来拿出手机发了条消息给陆勋:教练,说好再见面教我自由泳的呢?

信息发出去后,她的心跳声便如打鼓一般,久久无法停歇,直到几分钟后她收到了陆勋的回复:下来,泳池等你。

阮茶诧异地看着这六个字。她其实只是想没话找话地探探陆勋的口风,未承想他还真答应教她游泳了。

阮茶没有做好准备,她甚至连泳衣都没有,穿了一件紧身T恤和一条短裤披着白色浴袍就下楼了。

五楼是酒店的健身区,设有泳池,在那里阮茶借到了一顶泳帽。在这里游泳的人并不多,几条泳道里稀稀拉拉两三个人,所以她一眼瞧见了水下的陆勋,他强健的身姿在水里有着不可阻挡之势,仿佛这里就是他的主场,任他遨游。

陆勋很快游到对岸,转过身来的时候看见了阮茶,而后抬起右手对她招了下,那熟悉的动作好像回到了两年前。阮茶不得不承认,两年前她可是最怕他这个动作的,每次他对她招手,她都有种要奔赴战场的恐惧感,可现在竟然感觉如此亲切。

阮茶拉开浴袍扔在旁边的椅子上,脱掉拖鞋,然后走入水中适应水温。虽然她没办法像陆勋那样潇洒入水,但比起以前,她可要从容太多了。

陆勋站在泳池的另一头等着她,他们之间隔着二十五米的距离,然后她蹬壁向前,奋力去靠近他,每一次抬头换气看向他时,他在她眼中便更近了些。她知道陆勋在盯着她,检验她这两年的成果,所以她每个动作都尽力做到最标准的状态。

距离他还有七八米的时候阮茶忽然放弃了换气,就这么让自己的身体往下沉去。陆勋忽而凛眉几步走到她面前,声音不疾不徐地打在水面上："打算装多久？"

阮茶的确想吓唬他一下，只是她低估了这人的洞察力。虽然阮茶清楚自己被他识破了，但还是拗着一股劲儿不肯起来，以至于还真呛到了水。陆勋一把将她捞出水面，压下视线问道："不难受了？"

阮茶满脸是水地冲着他笑："不难受啊，女人就是水做的。"说完还憋着咳嗽了一声，惹得陆勋扬起眉梢。

阮茶看见他并没有戴助听器，所以跟他说话的时候尽量抬着头让他看清自己的唇语。这时她才发现他头上的泳帽有些熟悉，下一秒瞳孔便亮了起来，踮起脚尖惊喜道："你收到了？"

陆勋摸了摸泳帽，有些不自然地瞥开眼神"嗯"了一声。

阮茶的心情顿时"美丽"起来，追问了一句："你知道是我送的吗？"

陆勋掠着她："除了你还能是谁？"

阮茶的笑容逐渐放大，还有些骄傲地回："那倒是，毕竟我是你的开山大弟子兼关门大弟子。"

她的确没想到陆勋不仅收到了她的礼物，而且这么长时间了还会随身携带。这个意外的发现让阮茶心间跟抹了蜜一样，使她不得不胡思乱想起来。

她走到池边对陆勋说："教练，我还从来没跟你一起游过泳，不然我们比一比吧?"

陆勋用有些好笑的眼神敲打着她:"你要跟我比?"

阮茶竖起一根手指补充道:"不过你不许用其他泳姿,也得用蛙泳,不准蹬壁,而且得让我十米。"

陆勋半笑道:"这还叫比赛吗?怎么不干脆等你游到头我再开始?"

阮茶还一本正经地解释道:"我这也是为了公平起见。你一蹬壁人就已经蹿出去一半距离了,那还怎么比?而且你手长脚长的,要是同时开始不是对我不公平吗?"

虽然她的规则毫无底线,但陆勋也纵容地答应了。

阮茶当真拿出了跟人比赛的架势,调整呼吸率先游了出去。她感觉自己游得已经很快了,但就是眼睁睁看着陆勋的身姿在水下像枚火箭一样蹿了过去,居然还能十分悠哉地回头盯她瞧了眼。这一眼让阮茶受到了十万点暴击,她直接从水中站起身不游了,边往前走边说:"重来重来,刚才我节奏没调整好。"

陆勋任她耍赖,不过加了句:"单程太短,比一个来回吧,让你十五米。"

"比就比。"阮茶还挺有骨气。

但这次在她出发前,陆勋不轻不重地丢下句:"再半途而废罚十个来回。"

他一拿出教练的架势，阮茶还是会有些条件反射地发怵，嘟囔了一句："才不给你机会罚我。"

然后她便出发了。

她同样用尽了浑身解数，奈何即使让了她十五米，陆勋还是轻易超过了她游到池顶。他在水下准备翻滚掉头的时候，才突然想起来阮茶定的规则，不允许他蹬壁，他又及时收住了力量蛙泳回游。这次阮茶看清了他的动作，他游的是"竞技蛙"，虽然他从没教过她，可阮茶认得，陆勋的每一次蹬腿，人都能往前行进一大段，她感觉这二十五米的距离他根本不需要蹬几次就到顶了，毫不费劲儿的样子。

阮茶突然就不想比了，这就好比一个幼儿园小孩要挑战大学生，毫无可比性。

但是她总得游回去才能算数，于是她干了一件从前一直想干却没胆子干的事。

第十八章 他是谁

就在陆勋从阮茶身边掠过的瞬间,她拽住他的胳膊一个转身便跃到了他的身上。她其实很久以前就想这么干了,在她还不会游泳的时候,在看见陆勋风驰电掣的水下速度时,她就想体会这种婉若游龙的感觉。

　　陆勋的身体在停顿片刻后便毫不迟疑地带着她向前冲刺。阮茶牢牢扶着他的肩膀，他的背宽厚紧实，稳定的核心力量让他即使承载着阮茶的身体也没有丝毫倾斜，像坚不可摧的军舰。她从未感受过这样的力量和速度，刺激得惊呼出了声。

快要到顶的时候陆勋渐渐放缓了速度，在阮茶毫无预料的情况下他突然在水下转过身。

他们重叠着浮在水面，身体几乎完全贴在一起，轻轻摩擦着，距离近得让阮茶感觉某个瞬间他们似乎碰到了彼此的鼻尖。

他的眉眼近在咫尺，那么浓郁，光如星点洒入水里，满目星河全是他，这是从前的阮茶从未奢望过的距离，心跳加速到呼吸困难，无法支撑。

她仰起头的时候，陆勋快她一秒直起身子手臂护在她的身侧，这久违的安全感让阮茶差点破防。

陆勋靠在池边，阮茶睫毛上沾满水珠，双脚落地后微微喘息凝望着他，微妙的气氛在两人之间弥漫开。

"我不算输吧？"她先开了口。

陆勋眉梢微扬："你倒是会借力。"

阮茶也毫不谦虚："我有个厉害的师父，他不会眼睁睁看着徒弟输掉比赛被罚的。"

陆勋锋利的眼尾难得柔和了些，唇边挂上似笑非笑的弧度。

阮茶抱怨了句："姜还是老的辣，下次不跟你比了。"

虽然是一句负气的话,却莫名带上了点小女人的娇嗔。

陆勋视线垂下若有所思,沉寂了两秒,忽然抬起眼直视着她:"我比你大七岁,老吗?"

他声音透着磁力落在阮茶面前,眼神里是让人无法招架的光,炯亮专注,摄人心魄。

这句试探的话一下子让阮茶身体微烫,她听见了心跳打在耳膜上的声音,就好像陆勋在问她在不在意他们的年龄差。阮茶有些不敢确定自己的理解对不对。

她小心翼翼地说:"很多女人都觉得三十出头的男人最有味道,难道你不知道吗?"

"那你呢?"他低头瞧着她。

那无形的大火烧到了阮茶的脸上,她紧张地抿了下唇:"从成都到上海,中国这么大,我们竟然短短一个月内碰见了两次。"

她抬起双眸,没有发出声音,静默地用唇语回答他:"我不信年龄,我只信缘分。"

他的目光落在她的脸上,像阳光洒进海洋,春风融化冰河,发了芽的小苗长出了嫩绿的叶。

阮茶的手臂完全放松漂浮在水面上,荡漾的波纹来回推晃着她,不经意间便将她的手推碰到陆勋的指尖,她没有再收回,只是任由浮力将自己的手围绕在他的大手边。

她尽量让他看清自己的唇形，说道："我听晓颖说你没答应家里的安排？"

陆勋淡淡地"嗯"了声："我更适合待在部队，既然回来了还是打算干点自己想干的事。"

他从小在这样的环境下长大，见得多了比谁都清楚仕途这条路并不好走，他是人民的战士，他可以保家卫国，也可以浴血奋战，但他的性格不适合走这条路，家里对他的期望很高，这势必要牺牲掉很多东西，连婚姻也成了考量的因素。他已经失去了很多，与其将自己的下半生框住，他情愿活得自在些。

"你还住在天津吗？"阮茶问他。

陆勋的目光牢牢锁在她的脸上，回道："嗯，还在天津。"

"那你现在改做生意了吗？"

水流再一次将阮茶的手晃到了陆勋的手边，那忽远忽近的触碰让她感觉有些疯狂也有些刺激，像不怕死的小鱼苗一次次在鲨鱼面前试探，暧昧的温度不断攀升。

陆勋眼尾的光落在阮茶漂浮着玩的手臂上，声音里带了几分笑意："算是吧。"

她每说一句话便尽力让他看清的模样到底让陆勋察觉到了异样。他的眸色里搅动着暗沉的光，一瞬不瞬地盯着她问道："你知道了？"

阮茶当即明白过来他在问什么。他是个骄傲的人，他不愿把自己的伤残轻易暴露在别人面前，所以纵使他们曾经朝夕相处了大半个月，他都没有告诉她。

但是此时此刻阮茶不得不向他承认。

她点了点头。陆勋没再出声，他的表情变得有些慎重，也有些严肃，却依然目光坦荡地望着她："介意吗？"

阮茶当即点了点头："介意的，毕竟我当初那么坦白地告诉你我溺水的事，你却没有把你的秘密告诉我，是不是对我有点不公平？"

她的回答出乎陆勋的预料，他严肃的表情松懈了些，漆黑的瞳孔里映出了她的轮廓。在水流又一次将她的手推向他的时候，陆勋屈着的手指在水下缓缓伸直钩住了她。

万物俱籁，天旋地转，那一瞬，阮茶觉得自己是那只无处遁形的小鱼苗，被他这张大网彻彻底底笼罩着。她是个胆小的玩火者，不敢去看他的眼睛，低眸的时候目光落在他胸前，清晰的锁骨下是紧实的肌肉线条，让她紧张到面红耳赤。

"他是谁？"

陆勋的声音带着她从未感受过的压迫，却是一种疯狂到她心尖发颤的压迫感。

她声线发紧地告诉他:"大学时的前男友。"

空气静谧了几秒,他们的手指缠在一起,很轻也很酥麻。

"想找你复合?"陆勋的声音再次响起。

阮茶急切地抬头解释道:"我跟他说我没单着。"

陆勋意味深长地重复了一遍:"没单着?"

他接着问道:"那你的他呢?"

半隐半明的话隔着朦胧的纱,让阮茶的呼吸越来越炽热,她招架不住他丢来的一个接一个火团,咬着唇侧头笑看向无人的角落,心痒得像被小虫啃噬着。

这时陆勋才看向她身上奇奇怪怪的"泳衣",问道:"你穿的什么?"

"睡衣。"

陆勋抬眉:"穿睡衣来游泳?"

阮茶耸了耸肩:"我没带泳衣出差。"

她怎么能想到这趟出差会碰上陆勋,他们还会约在泳池见面呢?这套T恤短裤还是她带来睡觉时穿的,因为够紧身,勉强被她拿来当泳衣充数了。

随后陆勋便问了句:"那你晚上睡觉穿什么?"

这的确是个糟心的问题,因为阮茶压根儿就没考虑到。

他们在水下聊的时间够久了，难免身体越来越冷，陆勋见阮茶缩着脖子，便说道："上去吧，别冻着。"

她以为他会松开她，未承想他就这样钩着她的手指将她拉上了岸，她身上的T恤短裤完全湿了，贴在身上后诱人的线条清晰可见。

陆勋仅看了一眼便克制地偏开目光将浴袍递给她。阮茶接过浴袍披在身上，他弯腰拿起了那个小巧的助听器，他们一同离开泳池往电梯走去，意外地发现他们住在同个楼层，不过并不在一个方向。出了电梯后，陆勋问她："你们哪天结束？"

阮茶告诉他："明天上午，中午就回杭州了。你呢？什么时候走？"

"明早八点的航班。"

两人面对面站在过道的分岔口看着对方，突然都陷入了沉默。半响，陆勋对她说："快回去洗澡吧。"

阮茶垂下视线轻声回道："你也是，别感冒了。"

"晚安。"她转过身往另一边的过道走去。亢奋了一晚上的心情随着她的步伐一点点跌回到冰点，她忽然有种想抓却抓不住的感觉，甚至有些淡淡的失落感。

正在这时迎面而来三两个男人，阮茶匆匆抬头扫了眼，当看到走在后面的顾姜时,她尴尬得下意识转过身疾步往回走。

她不想再碰上顾姜,本来就跟他说晚上要开会,这会儿给他看见浑身湿漉漉的自己,特别还是在刚才她那么慌乱狼狈地拒绝他后,她更不想再跟他打照面了。

陆勋还没走远,感觉到身后的动静回过头去看见原本离开的阮茶又朝他这边走来,还对他挤眉弄眼的。他停下脚步刚想问她怎么了,头一偏便看见了餐厅门口的那个男人。陆勋立马了然,掏出房卡刷开自己的房门,然后侧过身子,阮茶仿若获救般一头扎了进去。

在阮茶转身进房的瞬间,顾姜看见了她的侧脸,他神情微顿,到底还是认出了阮茶。陆勋转眸对上顾姜惊愕的目光,不冷不热地盯他看了一眼,大步入内关上了房门。

第十九章 玩游戏

身后的房门被关上，阮茶站在原地没有再走进房间，对于这突如其来的意外她有些不知所措，在陆勋走到她身边的时候，她略显尴尬，一时间不知道说什么。

　　陆勋倒是若无其事的表情，没有点破，也没有追问，只是对她说："随便坐。"

阮茶杵在原地回道:"没事,我等两分钟就走,你不用管我先洗澡吧。"

说完她便转过身去。她总不能让同样浑身潮湿的陆勋陪她一起等,陆勋没再坚持走进浴室。

阮茶看差不多了便拉开房门,她并没有在陆勋的房间久留,过道里已然空无一人,她松了口气往回走去。

公司出差安排的是两个人一间房,阮茶离开的时候,同住的张晓还在房里,但这会儿她再敲门的时候里面却没有人了。

她匆忙拿出手机,看见半个小时前张晓给她打过电话,见她没接给她留了个消息说几个女同事去外滩转转,让她忙好了要是过去打她们电话。

阮茶这才想起来收展的时候几个女同事的确商量过吃完饭去外滩逛逛,这会儿她们可能刚到,总不能再让张晓回来送房卡,她这一身也实在没法去找她们。

阮茶站在过道上一时间陷入了两难的境地,就这么不知不觉又回到陆勋的房门口。怕他还没有洗好澡,她等了足足十分钟才敲门。

当陆勋打开房门看见折返回来的阮茶时,眼里闪过一抹诧异。阮茶怯怯地抬起眸,她的发丝湿漉漉的,让她看上去弱小狼狈。她有些不太自然地开了口:"我同事她们去外滩了,我能在你这里等她们一会儿吗?"

陆勋让开身子往里走对她说:"进来吧。"

阮茶重新走了进来,关上了门。她的目光落在陆勋的背影上,虽然他依然戴着助听器,不过已经换上了靛青的睡衣,垂坠的料子使他背部线条若隐若现,有种居家的随意感,这是阮茶从未见过的样子。

房间里是沐浴过后的淡香,蛊惑人心,容易让人胡思乱想。

在过去的相处中,纵使陆勋曾经牵着她的手教她游泳,那么近的距离都没有此时此刻让阮茶感到无措和紧张。

她担心身上的衣服弄湿他的沙发或床单,站也不是,坐也不是。

陆勋看出了她的为难,对她说:"要不你先在我这儿洗个澡?"

阮茶紧紧抿着唇点了点头,要不是陆勋开口,她还有些不好意思提。

而后她的眼神飘向房间里的衣柜:"能……借我一件浴袍和一个袋子吗?"

陆勋打开衣柜拿了一件没用过的干净浴袍递给她。

阮茶在浴室磨叽了很久,明明一天前她还在为了找到陆勋的联系方式而惆怅,一天后她居然会出现在他的浴室,有些不可思议。

她从未和男人共用过一个浴室，这种感觉仿若自己踏入了陆勋的私人领地。浴室的水汽还未散去，氤氲在她周身，空气里都是令人悸动的味道。

两人仅仅一墙之隔，温热的水流滑过她的皮肤，像细小的火柴棒燃烧着她身体里的细胞，让她脸色发烫，就连耳朵也是烫的。

洗完澡套上浴袍又将半长发吹干她才从浴室走了出去。阳台的门开着，扑面而来的春风撩动着阮茶披在肩上的发，她的心脏也跟着微风晃动起来。

陆勋站在阳台上打电话，听见动静，他转过身来看着阮茶。微凉的风扫过阮茶裸露的脖颈，她将浴袍的领口收了收，陆勋挂了电话走进房间关上阳台的门。空间一下子封闭起来，他的存在感太强烈，让阮茶眼神闪躲。

陆勋则走到小吧台边烧了壶热水，转过眸眼里蕴着深邃的光瞧着她："站着干吗？坐。"

阮茶看了眼身旁的大床，没太好意思坐，绕到了吧台边的黑色高脚椅前，裹着浴袍坐了下来，而她换下来的湿衣服就在袋子里，放在了吧台的另一边。

陆勋坐在她对面的沙发上。阮茶默默打量着他的房间，床单没有丝毫褶皱，行李整齐地立在墙角，看不见多余的个人用品，似乎用完就及时收整起来。想到自己房间散落各处的杂物，阮茶就有些自愧不如，她还是第一次见识到军人的自律性。比起大多数这个时代随性的年轻人，陆勋是特别的，或许正是因为他的这份特别才会格外吸引她。

陆勋见阮茶的眼珠子到处转，随口问道："现在还在'速搏'游泳吗？"

阮茶收回目光点了点头："我办了三年的会员，基本上只要不忙每个礼拜都会去。"

阮茶："对了，那里走了好多教练你知道吧？"

陆勋好似并不知情，回了句："不清楚。"

阮茶疑惑道："你怎么能不清楚呢？你不是'速搏'的股东吗？"

陆勋微微挑了下眉："从哪里知道的？"

"丁教练告诉我的，我知道后吓了一跳，亏我那时候还天天担心你业绩不好会被考核呢！"

陆勋眼里漾出一丝笑意。从前跟着他学游泳的时候，他很少会对她笑，大多时候是一副冷厉的表情，虽然他从未对阮茶凶过，但偏偏眼神里有种不怒而威的气势，每次阮茶失误的时候其实都有些惧怕他的眼神。

可此时此刻，他靠坐在沙发上，浓黑的眉眼就这么注视着她，带着清浅的笑意，这样的场景让阮茶觉得极其不真实，心口窝像有团绵软的力量来回撞击着。

他对她说："我不参与'速搏'的经营，所以那边的事我也不太清楚。"

阮茶有些好奇："那你怎么会投资的？"

陆勋若有所思道："我当时在杭州做康复，高哥缺笔钱于是拉我入股，我正好需要个游泳场馆。"

阮茶清楚他所说的需要个游泳场馆和他那时候患上的应激障碍症有关，所以他才会每天都出现在泳馆。

她的记忆回到了健身房刚开业的那一年，她记得广告做到了地铁口，她回家的路上还有人发过传单给她，她那时候哪能想到日后的某一天自己能和这家健身房的股东之一有所交集。

她懊恼地说了句："我要是'速搏'刚开业就去办卡岂不是就能早一年遇上你了？而且那时候还有优惠活动呢！"

闲聊间，阮茶的坐姿自然而然放松下来，双腿随意交叠着，纤细的小腿从浴袍的缝隙中露了出来，一直延伸到膝盖以上半隐半现，温润诱人。

陆勋眼里带笑，目光微垂，眼神似有若无地扫过，而后停留在吧台上。

阮茶敏感地察觉到他的目光，不太自然地将腿收进浴袍，拽了拽下摆，抬眸看见陆勋的视线落在那个放置在吧台的袋子上，脸色"唰"地就红了。

袋子里面是什么他们都很清楚，那是她换下来的"泳衣"，更羞耻的是，刚才在泳池的时候他们还聊到了这个话题，她告诉陆勋那是她带来睡觉穿的，陆勋当时还问了她一句"那你晚上睡觉穿什么"。

所以显而易见，她没得穿，浴袍里面空空荡荡，仅靠腰间的系带包裹着身体。气氛一下子就陷入了尴尬的沉默，房间里只余水加热的"呼呼"声，微妙的氛围在两人之间弥漫着。

直到"嘀"的一声水烧开的提示音响起后，陆勋从沙发上起身朝她这里走来。他的气息每靠近一步，阮茶的心情就多紧张一分，直到他停在吧台前，问道："喝咖啡还是茶？"

阮茶托腮侧头望着他："你是不想让我睡觉了？"

陆勋没有看她，只是淡笑不语。她无心的一句话让两人之间的气氛更加暧昧，房间静得仿若能听见彼此的呼吸声。

"茶。"阮茶告诉他。

陆勋为她泡了一杯热茶，阮茶的眼神则一直牢牢看着他。他的下颌线拉伸出完美的棱角滑落到喉结的地方，充满浓烈阳刚的男性气息，让她控制不住心动。

　　而他的手机就在阮茶不远处，肉眼可及的地方。她突然想起什么，状似随意地拿起自己的手机拨打了陆勋的号码，很快一旁的手机亮了起来。阮茶的目光停留在屏幕上，看清了那串备注"ViolaTricolor"。

　　她挂掉了手机抬起头有些不明所以地看向陆勋，问道："你给我取了个英文名吗？什么意思呀？"

　　陆勋眉眼微抬，漆黑的眼眸里流转着暗动的光，深邃悠然，他轻轻笑了下，又很快敛眸，没有回答阮茶的问题。

　　阮茶好奇地翻出搜索框将那串英文输了进去。

　　ViolaTricolor是三色堇，形似蝴蝶的一种花，它的花语是思虑、喜忧参半、沉默不语的爱。

　　一瞬间，阮茶的心门像被一种看不见的力量破门而入，她猛然抬起头。陆勋将茶递给她，四目相撞，她眼神闪烁，睫毛扑闪间眼里星光点点。阮茶刚伸出手接茶，陆勋递到一半忽然又收了回去，阮茶接了个空，歪着脖子笑盯着他："耍我吗？"

　　陆勋的眼神在射灯下显得有些迷离，望着她说道："烫。"

　　阮茶笑道："为什么把我备注成三色堇？"

　　她把问题毫不掩饰地丢给他，陆勋笑而不答，头顶暖黄的灯光令人思绪迷乱。

阮茶随手从旁边拿过酒店的便笺低头写着字,陆勋问道:"写什么?"

阮茶神秘兮兮地拿手挡住:"不许看。"

没一会儿,她把写好的几张便笺团了起来握在手上,看着陆勋说道:"我有个秘密你想知道吗?"

陆勋无声地瞧着她,漆黑的眼里藏着暗涌的光泽:"你应该不会轻易告诉我。"

阮茶笑了起来,一把将五团小纸球撒在陆勋面前:"玩个游戏吧。这五张纸中有一张里面是我的秘密,你有两次抽奖的机会。"

"为什么不是三次?"

"规矩是我定的,不能讨价还价。"

陆勋垂下眸看着面前凌乱的小纸团,没有犹豫,伸出手直接拿起最近的一团。他抬眸看了眼阮茶,阮茶双手捧着脸,有些紧张地说:"打开吧。"

陆勋单手挑开纸团看了眼,随即扬起眉梢,眼神古怪地看向阮茶,然后将那张字条反过来放在阮茶面前问道:"这是什么?"

纸条上写着"单手×5",阮茶解释道:"这是单臂做五个俯卧撑的意思。"

然后,她又追加了一句:"你要嫌多就做两个吧。"

陆勋倒也不含糊，退后几步，左手往背后一放，直接做了五个。阮茶站在吧台边看着他偾张的手臂线条，被他这轻松的操作惊呆了，叹道："这样看我写少了啊。"

陆勋做完起身，看向她："我能问一句你为什么要看我做俯卧撑吗？"

阮茶昂起下巴："人家教练都是带着学员一起做热身运动，你从前都是看着我做，一副高冷的表情，那我也想角色互换一下嘛。我本来以为单臂俯卧撑很难的。"

陆勋勾了下嘴角："是不容易，不过看人。"

说完他顺手又拿起第二团纸，扫了眼后拍在了掌心里，阮茶忐忑地问道："什么啊？"

陆勋没有说话，眼神玩味地睨着她。他这样的目光让阮茶更加不安，她干脆挪到了他面前催促道："给我看看。"

陆勋的手掌稳稳地压着那张字条，阮茶的心一下子悬了起来，紧张得心脏"扑通"直跳："你抽到了？"

陆勋不说话，目光摄人。

阮茶猛地退后了一步，瞳孔里的光在颤动："你真抽到了？"

几秒里，她的表情从紧张到期待再到娇羞，这些变化被陆勋尽收眼底。他笑了下翻开手掌将那张字条立了起来，上面是三个字"弹鼻子"。

阮茶的心脏像坐过山车,陆勋看见她松懈下来,像泄了气的皮球,笑意深了些。

阮茶大步跨到陆勋面前对他勾了勾手指,陆勋却纹丝不动地掠着她:"你这五张纸里有四张都是玩我的?"

阮茶义正词严道:"我怎么敢玩军官大人?"嘴上这样说着,手已经很自觉地朝他的鼻子伸了过去。

陆勋倒也不闪躲,背脊挺直地坐在吧台边任由她的手伸到了他的鼻尖前,轻轻一弹。他垂眸说道:"在部队里要是哪个新兵敢对我上手,你知道什么下场吗?"

"什么?"

话音刚落,阮茶便感觉天旋地转,她甚至不知道发生了什么人已经被陆勋放倒了。不过陆勋没有当真把她扔在地上,手臂支撑着她的重量掌控在她后背,阮茶的身体离地面仅仅两厘米,惊得她下意识攀住陆勋,双臂穿过他的腰紧紧搂住他,脸上是花容失色的神情。陆勋却并没有将她拉起来,像故意逗弄她似的问道:"还玩吗?"

阮茶这时才发现一件巨尴尬的事,腰间的系带松了,并且正在一点点滑落。她慌乱地说:"不……不玩了。"

就在系带掉落的一瞬间陆勋手臂收紧将她带进怀里,在阮茶毫无预料下,他们的身体贴在了一起。陆勋的气息铺天盖地笼罩而来,她似乎被他抱离了地面,只听见他的声音带着滚烫的热度落在她颊边:"看来不仅游泳,你干什么都喜欢半途而废,这不是个好习惯。"

阮茶感觉自己被放在了那张柔软的大床上,她的脑袋是晕乎的,她感觉自己的浴袍完全散开了,可她已经顾不得那么多,满眼都是陆勋迷人的眸子。他悬在她的上方,手轻抚着她的发际,问道:"还继续吗?"

他没有进一步的动作,似乎在征询她的同意。阮茶的胸口剧烈起伏着,那长久的爱恋、隐秘的情感像倾泻而下的瀑布交织在一起,复杂到令她神魂颠倒,让她眼里沁出水来。

不再需要任何言语,陆勋的手臂穿过她的浴袍横在她的腰间将她整个人提了起来,一把扯开白色袍子低头吻上她的唇。阮茶脑袋是蒙的,身子仿若触了电,轻颤着,陆勋撬开她的唇舌,纠缠了几下便一发不可收拾。

她觉得自己又陷入了梦境,只不过这次的梦太疯狂。

第二十章 疯狂的事

阮茶对陆勋有些先入为主的印象，起初是因为他是她的游泳教练，他为人不轻浮，也不会像其他教练那么喜欢闲扯，给阮茶一种很专业严谨的感觉，她敬重他，也仰慕他。后来得知他从前是军人后，对他更是肃然起敬。

陆勋在阮茶的脑中是稳妥凌厉的，她没有见过他纵情的一面，他的吻灼热得让阮茶迷乱,她不知道是怎么发生的,当陆勋向来沉静的黑眸中卷起她从未见过的风暴时,她的思绪不受控制也被一同卷进了漩涡中。

他宽阔的肩和紧实的胸膛近在眼前,这是从前阮茶只敢偷看的禁地,而此时,她双手贴着他,感受着他的温度和起伏,心脏被晃得融化成水,根本无力招架。

失去浴袍的遮挡,阮茶丰腴的身材一览无余,陆勋的视线肆意地扫过,温度烫得吓人。阮茶有些心慌地侧过潮红的脸颊,下意识地用双臂遮住。

陆勋没有给她慌乱的时间,她的身躯在他臂弯中显得渺小,他轻易捉住她的手腕,拿开后压在枕边低下头吮吻着她的敏感之地。一阵酥麻从体内蔓延,这种极致的亲密感将阮茶抛入云端,发生得太快了,也太突然了,整个过程都让她觉得不真实。

阮茶对时间已经失去了概念,她不知道过了多长时间,只知道口干舌燥,嗓子哑哑地喊"渴",中途陆勋下过一次床,将那杯已经冷掉的茶重新添了热水,走回床边,把她捞了起来给她喂了点。

他是第一个把她搂在怀里喂她水的男人,这样的宠溺是阮茶从未感受过的。她红润的唇挂着淡淡的水渍抬头去看他,陆勋将杯子放在床头忍不住吻了下去,两人又一次纠缠在一起。

那一夜是混乱的，他们见到了彼此未曾见过的另一面，隐秘却也疯狂。在床上，陆勋完全释放了男人的天性，如狂风暴雨般猛烈，到最后阮茶被一种濒临死亡的感觉驾驭着，身体像浸在水里，陆勋放开她去洗手间的片刻，她已经累得合上了眼。

她能感觉到陆勋回到了她身边，将她重新抱在怀里轻抚着她的发，像哄她入睡般。她懒得动一下，思绪搅和在一起，迷迷糊糊间感觉回到了小时候缩在大人怀中的踏实感，长大后没有人再能让她放下戒备如此放松过，渐渐地，她彻底失去了意识。

等阮茶再次惊醒的时候，房间一片漆黑。她的思绪还是连贯的，仿佛就合眼几分钟。她转过头看见陆勋就睡在她身边，她的头还枕在他的臂弯里。在暗沉的光影下，他的轮廓立体清晰，让她的心脏忍不住再次疯狂跳动起来。

可她知道自己不得不回去了，明早还有工作，毕竟和同事一间房，夜不归宿总归影响不太好的。

她小心翼翼地起了身，蹑手蹑脚找到被扔在沙发上的睡袍，系好腰带后便拿起手机静悄悄地离开了。

躺在床上的陆勋缓缓睁开双眼看着她离去的方向，重新打开了房间的灯，目光落在吧台散落的便笺上。

阮茶回房的时候已经下半夜了，张晓起来给她开门问她去哪儿了，阮茶说去个朋友那儿待了会儿，好在张晓睡得半醒也没多问。

阮茶回到房后却失去了睡意，她的身体似乎还残留着陆勋的温度和他触碰的痕迹。明明刚刚分开，她已经有些想念他的怀抱了，像毒蔓延进身体里，隐隐发作，无法控制。

直到快天亮的时候阮茶才睡着，醒来已经八点钟了，她慌忙拿出手机，看见陆勋上飞机前给她发过一条信息：我回天津了。

她的心一下子就空掉了，愣了半晌回过去：注意安全。

之后他们便没再联系。

展会结束阮茶和同事们回到了杭州，一切又恢复如常，忙碌的工作，两点一线的生活，而那一晚，真的像是梦一场。

直到回了杭州，阮茶都有些无法置信自己和陆勋的那一夜，这是她活了二十几年以来干得最疯狂的事了。

她没再主动联系陆勋，回来的两天里她始终很纠结。

当初跟着陆勋学游泳的时候，她并没有明确告诉过他自己对他的感情，也没提过这两年对他的牵挂。在她的世界里，自从遇上陆勋后，心里便始终有他。隔了两年再次重逢，当阮茶发现自己对他的感觉依旧存在，甚至越来越浓烈后，她是奋不顾身的，也是不计后果的。

可这一切陆勋并不知情，她很担心在他眼里自己是个随便的女人，毕竟距离当初游泳教学已经过去两年了，他们才碰面第二次，恋爱都没确定就发生了关系，这的确有些草率了。

她能感受到陆勋对她是有感觉的，但她并不清楚他的这份感觉里到底有多少是喜欢，又有多少是男人本能的冲动。

因为不确定，她才没有贸然联系他。她怕一回来就急着联系他，好像自己要赖着他负责一样，那晚的气氛下他们对彼此有感觉本来就是你情我愿的事情，她并不想给他这样的顾虑。

可又怕他真的只是玩玩，他们会再次失去交集。

明明有过最亲密的关系，可阮茶却觉得自己离他很远，她不了解他的生活，不了解他的朋友圈，甚至就连他家庭背景那点可怜的信息还是从晓颖口中得知的。

这种感觉让她患得患失，进退两难。

从上海回来已经三天过去了，除了那条道别信息，陆勋没有再联系过她，就连同事都能感觉出来阮茶的情绪日渐低落，她越来越觉得那晚的激情是场意外了。

这几天她都在这样劝说自己，陆勋长得好身材性感，如果不是那场意外她也许这辈子也不可能感受到这样的温存，即使和他没有以后，留个念想也挺好。

但站在茶水间的时候阮茶依然眉心发紧，没有发烧却感觉浑身都没劲儿，她回到工位打算加会儿班，可是自己根本不在状态，索性关了电脑给自己放松一天。

走出电梯的时候，阮茶才发现天色暗沉下来，周围起了大风，似乎有场暴雨。她加快了脚步，希望赶在暴雨来临前进入地铁站。

然而就在她踏出写字楼的一瞬，一道挺拔的身影毫无征兆地闯入她的视线。陆勋穿着利落的黑色衬衫站在一辆SUV旁，阮茶忽然愣住，停下脚步怔怔地望着他。

狂风四起，碎发从她眼前晃过，眨眼的工夫他已经来到她面前，阮茶用手拨开碎发抬起头有些不敢置信地盯着他。

陆勋露出笑意："你这是什么眼神？见到鬼了？"

阮茶的脸顿时热了起来，张了张嘴，有些停顿地说："我以为……呃……以为你不会再找我了。"

陆勋眼里的笑意扩散开来："你是怀疑自己的魅力，还是质疑我的人品？"

陆勋在部队待了十多年，虽然现在退役了，但军人身上的正气尚存，倒不至于玩弄一个比他小七岁姑娘的感情。阮茶被问得一时间哑口无言。

陆勋垂下眸，目光如炬地瞧着她，声音沉缓："回到天津后我又去了趟广东，参观人家的生产基地，上午还在那儿，本来想打电话给你,看见还有航班到杭州,干脆就过来了。"

他的话听在阮茶耳中有些交代行程的意思,虽然他们目前的关系他并不需要向她解释,可阮茶依然被他给她的安全感包围着,悬着的心一下子就落了地,整整三天的阴霾突然就烟消云散了。

她低着脑袋问道:"你怎么能找到我们公司的?"

"宣传册上有地址。"

阮茶才恍然,他在会展上拿了一张他们公司的宣传册。

她又问道:"那你怎么都没联系我就直接过来了?"

陆勋沉默了片刻,他身后的天空有闪电划过,照亮了阮茶有些憔悴的面庞,陆勋看进了眼底。

他的声音回荡在她耳中:"不想再把你弄丢了。"

阮茶抬起头眸色闪动地望着他,他就站在她面前,身形高大,似山似海,阮茶差点忍不住扑进他怀里。

周围的上班族不时朝他们看过来,还有阮茶的同事,也在远处八卦地笑着对她挥手。她有些不自然地瞥了旁边一眼,听见陆勋问她:"还要继续站着吗?要下雨了。"

阮茶回过神来:"那我们去哪儿?"

"想吃什么?"陆勋问道。

阮茶突然好奇道:"你以前在部队伙食好吗?"

陆勋带着她往车子走去说道:"还不错,平时任务多对吃不太讲究,闲的时候也会和战友开小灶。"

"你会做饭？"

陆勋好笑地看向她:"这不是最基本的生存技能吗？"

阮茶抿了抿唇:"完了,我没法生存了。"

两人走到车边,陆勋拉开了副驾驶车门,阮茶坐进去后,他单手搭在车顶上弯下腰来瞧着她:"那你的确应该庆幸遇上我,想尝尝我的手艺吗？"

"得有场地给你施展身手。"

陆勋笑而不语,拉过安全带给她系上,他身体的热度覆盖而来,阮茶靠在椅背上背脊绷直,心脏软软的。

陆勋关上副驾驶车门绕回到驾驶座发动了车子,阮茶不禁问道:"所以我们接下来去哪儿？"

"去买菜。"

第二十一章

交往

陆勋对附近很熟悉，轻车熟路地拐过两个路口便来到一家生鲜超市。他推着购物车，阮茶走在他身边，这种感觉有点像小两口过日子。好几次阮茶从货柜的玻璃上看见她和陆勋肩并肩的身影时，心里都有些微荡。

说来也奇怪，明明之前该做的都做了，可几天没见，他们之间依然会有些生疏，不知道是不是因为那晚的气氛太旖旎，两人都有些迷醉，而现在走在大庭广众之下，他是克制的，她也是内敛的，尽管并排走着，却并没有触碰到彼此，偶尔手肘的布料摩擦而过，阮茶心里都会产生异样的感觉，有些悸动也有些情难自禁。

陆勋带着她来到蔬菜区，他挑选着，她亦步亦趋地跟着，目光时不时落在陆勋专注的眉眼上。大概是上午还在工作的缘故，没来得及换衣服，他还穿着严丝合缝的黑色衬衫。他的体格穿衬衫很有型，胸膛挺括，背脊流畅，腰身又收得紧窄，阮茶站在他的侧后方盯着他。

陆勋好似察觉到她注视的目光，回过头来眼神幽然，问道："想吃什么？"

阮茶心不在焉地说："随便，我不挑食。"

说罢她抬起双手扶着购物车，陆勋的左手还搭在购物车上，阮茶将手一点点移向他，不经意地挨着。陆勋将拿好的东西放入购物车内，看了她一眼，她撇开头。他继续拿着东西，阮茶又回过头来用小拇指轻轻蹭了他一下，陆勋垂着的睫掩着一丝浅笑。

绕过蔬菜区，陆勋又挑了些新鲜水果。排队称重的人很多，还有几个调皮的小朋友横冲直撞的，陆勋拿完东西站在队伍的后面，对阮茶说："我在这儿排，你去逛逛。"

她摇了摇头不肯自己去逛，就挨着陆勋陪他一起排队，无聊得一会儿拽下他的衬衫，一会儿手指轻轻点着他的胳膊。

　　陆勋身板挺直，不为所动，任由她小动作不断。但称完重刚拐到人少的角落，陆勋便一把攥住她的小腰垂下视线，眸里摄人心魄的光压向她："在外面也不安分？"

　　阮茶被他的眼神锁在方寸之间，心慌意乱地否认："没有呀。"

　　她紧张地左右看了看，脸上攀上了红晕。陆勋瞧着她这副又"菜"又爱玩的样子，饶有兴致地放开了她，却在转身的时候一把牵住了她的手。阮茶低头看着被他握在掌心的右手，抿着唇角笑了。

　　排队买单的时候，本来阮茶站在陆勋的左手边，后来人越来越多，她忽然感觉肩膀一沉，陆勋将手臂搭在她的肩上，把她让到了前面。

　　之后他的手臂没再放下来过，就这样顺势横过她的锁骨搂着她，将她带进了怀中，阮茶的后背贴在他的胸膛上，心脏"怦怦"直跳。

　　她以为陆勋教她游泳的时候已经给足了她安全感，殊不知这样被他强势又温柔地护着，才是她感受过最大的安全感。

　　她在他的臂弯间转过了身，抬起头望向他。陆勋的手滑落到她的腰间，低下眸来。两人的呼吸靠得很近，她问他："你以前有这样过吗？"

"哪样？"他反问。

阮茶的双眼里像落满了星，璀璨夺目，一瞬不瞬地瞧着他："和异性逛超市，然后……像这样。"

陆勋没有丝毫犹豫，坦白道："没有机会。就是有机会，从前我的一言一行代表的不仅仅是我自己，职责不允许我在公共场合做出不庄重的行为。"

他的回答逗乐了阮茶，她笑了起来问道："那现在呢？"

"现在我也只能代表我自己，碰巧又遇上一个不断挑战我原则的丫头。"

说罢，他低下头来，呼吸拉近："我从小就固执，认定的事一般很难改变，所以你是怎么办到的？"

尽管周围全是人，但在此时此刻，阮茶感觉那些嘈杂的环境都不存在了，她的眼里只余下面前这个男人，他眼里有她，看着她的时候深情又专注。她控制不住心动，昂起头对他说："因为我魅力无边呀。"

她笑起来的时候眼睛弯弯的，白净的五官在灯光的映衬下好似在发光，淡淡的唇透着诱人的色泽。陆勋低眸看着她，有几秒的时间阮茶感觉他差点要吻她，只是最终他克制地将她再次转了过去,把她圈在臂弯间。

从超市出来后,暴雨已经倾泻而下,阮茶坐在车中看着雨柱打在车玻璃上,问道:"我们去哪里弄这些东西?"

"去我家。"

阮茶诧异道:"你不待在杭州了这里还有住处吗?"

陆勋告诉她:"原来住的地方还在,有钟点工定期去打扫,就是家里没有东西,吃的喝的都得现买。"

阮茶这才知道为什么陆勋买了这么多柴米油盐。

"远吗?"她问。

"不远,就在前面。房子是高哥建议我拿下的,当时需要个落脚的地方,也当投资。"

直到车子停下后,阮茶才知道原来陆勋的住处离"速搏"很近,大约只需要十分钟的路程,这个楼盘两年的时间价格已经涨了不少。

她跟着陆勋从地库坐电梯上去,重的东西都是陆勋提着,她拎的已经是最轻的一袋了,纵使这样进了电梯后陆勋还是把她手上的那袋也接了过去。

阮茶心情忐忑。她第一次来陆勋的住处,准确来说,也是第一次跟着男人回家,有些小紧张。

打开大门后,阮茶拘谨地站在门口,陆勋回身瞧着她:"你跟我还需要客气吗?"

"还是要装一下的。"

两人各自低着头笑。他拿了双没拆封过的新拖鞋给阮茶,阮茶把包放在门边的柜子上。

走进家后,一眼望过去干净整洁,地面、茶几和饭桌都一尘不染,不过少了些烟火气息。陆勋将东西拎到厨房,对她说:"随便看。"

阮茶逛了一圈后走到了阳台,忽然激动地喊道:"教练。"

陆勋闻声走了过去问道:"怎么了?"

"你看,那里是我家,你家阳台能看到我家那栋楼耶。"

陆勋停在她的身后顺着她手指的方向看了过去:"楼顶亮蓝灯的那栋?"

阮茶的声音有些雀跃:"对,就是那里,五楼左边窗户亮灯的就是我家。没想到我们原来住得这么近。"

阮茶有种错过一个亿的懊恼感,从前他们其实有很多接触的机会,但真正碰上面却是在他要离开的时候。

她的背影有些单薄,陆勋将她拉进怀中,从她身后圈住她,说道:"别喊我教练了。"

"那我能叫你名字吗?"阮茶问。

"当然，名字不就是给人叫的。"

阮茶在陆勋怀中扭动了一下，说道："真怕我妈拿个望远镜偷窥我。"

虽然这根本不可能，可阮茶看着家的方向心里还是毛毛的。

陆勋笑着一把拉上了窗帘。阳台的光线有些暗，阮茶转过身的时候他的眉眼在她面前，窗帘摇曳，目光缠绵，他们谁都没再说话。怎么纠缠在一起的，阮茶也有些迷糊了，好像是陆勋先吻的她，她的眼眶还湿润了，他问她为什么哭，她说纠结了好几天不知道该不该联系他。

陆勋问她为什么不联系。

阮茶说不出口，越想越委屈。陆勋本来是想把她抱到腿上安抚她的情绪，可后来两人都动了情，在阳台上纠缠了许久。

后来他将她抱进房间后就去了厨房，阮茶穿好衣服也想去帮忙，但看着陆勋备菜时熟练的刀工，她能帮的十分有限，只能将水果拿出来，洗干净后切开摆盘。她做得倒也挺认真，陆勋不时抬头瞧上她几眼，她也不时朝他投去眼神。

隔着灰色的大理石台面，他们面对面各自忙着，阮茶心里始终是不安的，虽然他们的关系像情侣一样，可毕竟没有正式提出在一起，她有些不确定他们现在的关系。

半晌，阮茶低着头声音很轻地问了声："我们现在……算是在交往吗？"

陆勋的声音里带着笑："不然是什么？"

得到这个肯定的回答后，阮茶才稍稍踏实了一些。陆勋忽然丢下刀具，双手撑在台面上看向她："那你认为的交往应该是什么样子的？"

阮茶想了想，回道："如果不见面的情况下起码得每天联系吧，问问对方的情况，没事的时候打打电话，总之不能十天半个月不联系吧，那不是很奇怪吗？"

陆勋若有所思地继续拿起刀，阮茶不知道他在想什么，隔了几十秒他才回了句："我试试。"

阮茶将橙子摆成一圈，试探地问道："难道你以前和那个……她都不经常联系的吗？"

陆勋手上的动作没有停，却抬眸看了她一眼，随后回道："我忙她也忙，没什么事不会联系。"

这种相处模式让阮茶错愕，她张着嘴想问又觉得好像追着问他过去有些不妥。

不知道陆勋是不是看出了阮茶的顾虑，主动提道："我和她在一个大院长大，从小学到高中都在一个学校，虽然很熟但小时候男孩女孩玩的东西不一样，交集并不多，我十八岁就离开家了，后面待在部队能相处的时间很少。如果她不反悔，考虑到家里的承诺和她的名声，我会给她个交代，但这个交代无关乎感情。"

这是陆勋第一次在阮茶面前谈到他那段被毁约的婚事，阮茶的每根汗毛都在战栗。她忽然想起了两年前分别的那晚，在健身房的二楼平台上，她差点要对他告白，可当时的陆勋肩负责任，他必须回去履行那场婚约，为了保全她的体面才会在她说出口前告诉她吧。

可当时的他心里到底有多少无奈和隐忍是她所没有看见的呢？

要履行一段没有感情的婚约对任何人来说都是挣扎的吧，但当时的他别无选择，所以他对她克制且疏离。可她还记得她临走时的回眸一瞥，他的目光追随着她，漆黑暗沉，像无尽的深渊。那时候她根本不知道他的处境，或者说，即使知道了，她又能怎么样呢……

"不好受吧？好像影响挺大的。"

阮茶放好最后一片橙子，听见陆勋说："相反，如释重负。"

他把食材拿到灶台边开始炒菜。阮茶看着他的背影有些惆怅，以陆勋的性格，如果不是对方先悔婚，他大概率是会信守承诺去负这个责吧，那么他的一生都会陷入一段被强迫的婚姻中。

想到这儿，阮茶忽然有些心疼。她绕到他的背后紧紧搂着他。陆勋一手炒着菜，一手攥着她交叠在他身前的双手摩挲了两下："饿了？"

阮茶哽咽地说："嗯，饿了，体力都被你消耗光了。"

陆勋把她拉到身前对她说："教你炒菜。"

她拿着锅铲，他握着她的手，比起炒菜，更像是调情。

陆勋做饭也和他的性格很吻合，干净利落，不多会儿就做出来一桌子菜。

窗外电闪雷鸣，他们却坐在桌前享用了一顿温馨的晚餐。

吃完收拾好后，陆勋问阮茶想不想看电影，阮茶没有意见。陆勋在客厅的投幕上放了部战争片，他看得挺认真，还跟阮茶解释武器和战争背景，阮茶一开始靠在他肩上，陆勋揽着她，后来她整个人都窝在了他的怀里，再后来电影放的什么他们就都不知道了。

他们从沙发缠绵到房间，夜无尽拉长，情感也在温存中逐渐升温，直到阮妈的信息发来问阮茶什么时候到家。

阮茶这才不得不从陆勋的怀中挣扎起身，有些羞赧地说："那个……我得回家了，不然我妈电话就要来了。"

陆勋没有让她为难，拿过她的衣服替她套上："我送你。"

虽然只有几步路,但陆勋还是将她送到了小区里面。暴雨转成了小雨,陆勋撑着把黑伞,两人停在楼下,阮茶问他:"你什么时候回去?"

"还没订机票,明天得赶回去,待会儿看看还有没有航班,没有的话要坐高铁了。"

阮茶听说他明天就要走了,依偎在他怀里有些不舍。两人在伞下难舍难分,陆勋打趣道:"想带你一起回去。"

"可是我有工作。"

"我忙完手头的事就过来。"他答应她。

阮茶转身进去的时候收到了陆勋的信息,是一串数字,她拿着手机回头看向他:"这是什么?"

他还站在原地撑着伞告诉她:"我家大门的密码。"

第二十二章 上岸

对于阮茶来说和陆勋交往是有些梦幻的事，在心里喜欢了两年的人，从前可望而不可即，本以为从此人生再无交集，却意外走到了一起，好多次早晨醒来想到自己成了陆勋心里那个特殊的存在，还会有些不太真实的感觉。

自那天分别后，陆勋每天都会联系她，无论他在哪里。

很显然他之前并不是个会和女人黏糊的性格，但为了照顾阮茶的感受，他会学着用她的方式和她恋爱。

一周后，阮茶有次看通话记录才偶然发现，陆勋就连每天联系她的时间都很严谨，他白天不会打扰她工作，算好她到家后才会给她电话，忙的时候也会发信息给她。

在一起后阮茶对他的眷恋更加浓烈，以前是被他特殊的人格魅力和良好的品格所吸引，而现在她享有了他一切的温柔和疯狂，这让她越发着迷。

尽管陆勋将他家的密码给了阮茶，给她行使女主人的一切权利，但他没回来的时候，她并不会过去。交往两个月，他们总共见过三次面，陆勋会赶在周末的时候回来，他们在一起度过短暂的两天，然后又不得不分开。

沉浸在爱情中的阮茶逐渐有了新的烦恼，当初和顾姜分开就是因为两人分居两地，关系无法维持。

而上海离杭州两百公里都不到，现在她和陆勋的距离更远，她不再是二十出头的小姑娘可以用漫长的时间来解决这个现实问题。

如今的她不得不考虑他们未来的处境。热恋期的阮茶总想每时每刻都能和陆勋待在一起，每天下班都能见到他，或者一个电

241

话就能约出来见面，这种情侣间最平常的相处模式，对于他们来说却是奢侈的。

特别在每次短暂温存过后，他又得离开她，她不得不待在这座城市独自等待着他再一次回来，这种感觉让阮茶在这段感情里变得有些迷茫。

她总会猜想陆勋每到一个地方后在忙什么？不跟她在一起的时候他到底有着怎样的生活？

杭州房价不便宜，他当初来康复能随随便便投资一套房，这是在工薪阶层出生的阮茶所无法想象的，所以陆勋的家底在阮茶眼中也成了谜。

可如此敏感的问题她又不好意思直白地问他，这种未知常常让阮茶不安。

她承认陆勋对她很好，在一起的时候他总是包揽各种家务，小到剥个橘子他都不会让她亲自动手。

他自律性那么强的人，从不睡懒觉，也会因为她周末犯懒陪着她一起躺在床上。

甚至在第二次回来的时候路过一家首饰店，她多看了眼刚出的新品，陆勋眼睛都没眨一下就拉着她进去买下了，他不是个奢侈的人，却会为她买华而不实的东西。

他们在一起的时间不多，好不容易能碰上面连腻歪的时间都不够，当然也不会有那么多空闲的精力去探讨更深层次的思想交流。

久而久之种种不确定因素便越发在阮茶的心底发酵，像颗定时炸弹。

在交往第三个月的时候，有天杭州降温，同事纷纷被老公接走了，阮茶从写字楼出来的时候还没下雨，走到一半雨点砸了下来，她被迫站在公交站台避雨。等待的时候，一对情侣从远处而来，男人把外套挡在女人头上也跑到了公交站台，虽然狼狈，但两人的哄笑声不断，狂风四起，男人把女人搂在怀里问她冷不冷……

就那么一瞬，阮茶忽然鼻子一酸。她想到她和陆勋确定关系的那晚也下了好大的雨，夜里，他撑着伞送她回家，她舍不得离开他，他也是这样把她搂在怀里，一滴雨都没让她淋到。

有些画面不能想，不敢想，越想心里越苦楚，这大概就是异地恋，在需要对方的时候，他们没办法陪在彼此的身边。那对情侣上了公交车，来来往往的行人，最后只剩阮茶一个人。

她拿出手机拨通了陆勋的号码，电话接通当她听见那头的声音后，眼眶就润了。陆勋问她："在哪儿？"

她嘟囔道："在等雨停。"

她说话的时候带上了鼻音，陆勋察觉出异样，问道："感冒了？"

阮茶嗅了嗅鼻子："才没有，你在忙吗？"

"也可以不忙，陪你等雨停。"

阮茶听见这句话后更想哭了，她抬起头看着雨束从漆黑的夜砸落下来，没头没脑地说："问你个问题，要是我们在上海那晚没在一起，你之后还会联系我吗？"

陆勋在电话里发出短促的笑声，回答她："可能不会那么快，也许会在我下一次回杭州的时候约你出来见个面。"

"什么目的呢？"

"弄清楚这个姑娘在成都机场为什么隔着玻璃盯着我掉眼泪。"

阮茶立马辩解道："我没哭，我那是急的，怕你不明白我的意思。"

陆勋只是笑，也不继续戳穿她苍白的辩解。

忽然，电话里传来一个女人带笑的声音："电话还没打好啊？"

而后阮茶听见他周围的嘈杂声，和她这里的静谧形成了强烈的反差，就好像他们生活在两个世界。

她试探地问了句："你……在外面吗？"

"在和人谈事情。"

于是她没再打扰他，匆匆说了句"车来了"便挂了电话。

然而收起手机后的阮茶心情却很低落，可能这绵延的雨天会影响人的情绪吧，她猜想着刚才在电话里出现的女人是谁，听语气好像和陆勋很熟的样子。

明明她很清楚陆勋不是那样的人，可一旦有了猜忌总会忍不住胡思乱想。

在这段感情里看似是她先动的情，也是她先四处打听他的消息和联系方式，可实际上主动权从来都不在她手里。

是他在水下钩住她的手，是他刷开房间的门放她进去，是他将她抱起放在那张柔软的大床上，也是他从广东飞来杭州确定了他们的关系。

而她总是小心翼翼地试探，被动地等待，这种感觉常常让阮茶患得患失。

特别是想到大晚上的他身边还有其他女人，阮茶就感觉一颗心被放在了火上炙烤，坐立难安。

稍晚些的时候，她在床上打了无数个滚后，突然坐了起来拿出手机编辑了一条很长的信息：

陆勋，我觉得有必要跟你坦白一些我的想法，和你在一起的这段时间我其实一直有些不安，你知道我的公司地址，知道我家在哪儿，你可以轻易找到我，但我却对你一无所知，我不知道你天天在忙什么，以什么谋生，也不知道你和家里人的情况，就连我们下一次什么时候能见面我都不知道。

还有刚在一起你就给我买那么贵重的东西，在杭州说买房就买房了，你是不是富二代啊？我好有压力，这样感觉我像是你圈养在杭州的金丝雀，你经常到处飞，不会在其他城市也有房子和情人吧？而且你每次安全措施都做得那么好，是不是怕跟我发生意外？我越想越魔怔了orz……

他们有好几次都是意外发生的，没有提前准备，但陆勋总能在关键时候刹住车。阮茶听说男人在亢奋的时候是很难自控的，之前她还佩服陆勋就连在这件事上都有很强的自制力，可一旦怀疑的裂缝被撕扯开来后，这却也成了她不安的猜忌。

阮茶一股脑发了一堆过去，可按下发送键后，她立马又后悔了，她不想给陆勋一种她在质疑他的感觉。她承认她被晚上电话里出现的女人弄得心烦意乱，可这样发一堆乱七八糟的话过去又有点像在无理取闹。

于是她赶忙将信息撤回，好在时间没过，撤回成功。之后她心有余悸地盯着手机，陆勋没有回复。阮茶想着他应该是没有看见的，于是放下心来。

信息虽然撤回了，动荡不安的心却一直在徘徊，她不停告诉自己，他们在一起时间不长，以后可以慢慢了解，也有的是时间去解决异地恋的问题,她很怕现在和陆勋讨论这些会破坏他们之间美好的氛围,这样想着她才能稍稍心安地睡去。

第二天是周六,闹钟没响,阮茶也多睡了会儿,直到阮妈把她薅起来吃早饭。在餐桌上的时候阮妈问她今天有什么安排,她一边刷着手机一边回道:"没安排。"

"没安排那等会儿跟我去趟你二姨家,她上个礼拜搞了一批外贸尾单,喊我去挑挑看有没有合适的。"

"哦。"阮茶心不在焉地应着。

突然,手机里弹出一条信息,是陆勋发来的,只有六个字:我在你家楼下。

阮茶当即扔下勺子不可思议地站起身,把阮妈也吓了一跳,问道:"一惊一乍的干吗呢?"

阮茶一边大步回房,一边对她说:"我有事,不跟你去二姨家了。"说完房门一关。

阮妈莫名其妙地瞧着。几分钟后,阮茶已经换了一身衣服拿上手机就冲出了家门。

阮妈在她身后喊道:"什么事瞧把你急的。"

阮茶的确有些焦急,准确来说是心虚,陆勋事先都没说一声居然一大早就赶回了杭州,阮茶无法确定和她昨天夜里那条冒冒失失的信息有没有关系。

当她来到楼下看见穿着黑色简约工装夹克立在不远处的陆勋时，一颗心"怦怦"直跳。

她朝他走了过去，小心翼翼地问道："你怎么回来了？"

陆勋的眼神停留在她的脸上，她越发心虚，垂下视线听见他说："回来看看你。"

阮茶双手插在上衣口袋里长长地"嗯"了一声，陆勋抬头往楼上瞧了眼问道："在这儿等你会被你妈看见吗？"

阮茶随口回了句："看见才好呢，她总说我偶像剧看多了才会整天想着一米八五身材颜值好的帅哥，还说轮不到我。"

陆勋抿着笑问道："吃过了吗？"

"在家吃了。"

"我还没吃，陪我？"

阮茶点了点头。

两人走到附近的生活广场，找了家店，虽然阮茶说吃过了，但陆勋还是多点了些东西，让她陪他吃点。

他们面对面坐着。每一次相聚，阮茶总能在他身上发现一些不一样的地方，比如新剪的发型，抑或是她没见过的衣服，总之这些小细节往往会让她感到生疏。

她的眼神盯着陆勋面前的饮料,他把饮料递给她,她伸着脖子吸了一口,他问她:"好喝吗?"

她眯起眼睛点点头,陆勋便把她面前的红茶换了过来,将自己的饮料给她,敛眸说道:"昨天晚上那个女的是一个合伙人的老婆,我和她老公比较熟,他也在场。"

阮茶愣了下,然后假装若无其事地撇开眼看向窗外:"你跟我说这个干吗?"

陆勋却意味深长地说:"担心某个丫头跟我生莫须有的气。"

"我才没有,我是度量那么小的人吗?"阮茶回过头瞪着眼。

看见陆勋笑看着她,眼里的光锐利得好像能瞧见她的心底,她败下阵来,嘀咕道:"好吧,是有点,你是不是觉得这样不好?"

陆勋的视线移向窗外看着生活广场前玩耍的小孩子们,对她道:"你看那个女孩,她妈妈让她把小车子给旁边的小姐姐玩,她不肯,在那儿耍脾气。"

阮茶也侧过头去,瞧见了那个穿着红色小裙子的女孩甩开妈妈的手。

她听见陆勋接着道:"你能说她这样不好吗?她只是知道那个小车子是她的,想对自己的东西行使所有权。"

阮茶的心脏紧了一下,她几乎可以肯定那条冒冒失失的信息被陆勋看见了,所以他才会在今早赶回来,为了不让她难堪,换着法子安抚她的情绪。

她突然记起自己昨晚貌似还在信息中怀疑他有其他情人，甚至把自己比作金丝雀，更羞耻的是，她还怀疑他的自制力是不想跟她那么快确定下来的表现。现在想来，信息里的每一句话都让她有种强烈的"社死"感。

所以整个用餐过程中，阮茶始终低头看手机来逃避自己冲动的行为。

陪陆勋吃完早中饭后，他们一路逛回了陆勋的家。在外面的时候阮茶还能装作若无其事，但回到家后，在只剩下他们两人的空间里，她又开始因为那条信息局促起来。

为了掩饰自己内心的尴尬，她提议道："要么我们把上次那部没看完的电影看完吧。"

陆勋却回道："你想看的话迟点我再陪你看，我今天回来想和你说些事。"

阮茶被他这正儿八经的架势弄蒙了，他坐在沙发上，她站在另一边盯着他。陆勋忽然开口问道："'orz'是什么意思？"

阮茶脑袋一"嗡"，顿时语塞。陆勋见她傻掉的样子，笑着对她招了下手："你来。"

阮茶朝他走了过去，他伸出手搂住她的腰把她抱到了腿上。

阮茶跨坐在他身上面对着他，睫毛低垂，陆勋眼里酝出一丝笑意，问道："想跟我生个孩子？"

阮茶蒙蒙地"啊？"了一声。

陆勋继续笑道："你要真想，我也可以不做安全措施，这取决于你。"

如果说刚才在外面陆勋还算隐晦，现在的他则直接开门见山揭开了那条信息的内容。阮茶突然尴尬得无地自容，紧紧攥着他的前襟，弱弱地问："你看到了？"

陆勋没说话，她又问道："那为什么不回信息？"

"我在想怎么回你，后来觉得信息里可能说不清楚，我应该过来一趟当面和你聊聊。"

阮茶心虚地咬着唇，低下头："所以呢，你是怎么想的？"

陆勋一只手揽着她的腰，另一只手捉住她攥在他身前的手，声音不疾不徐地说："我总觉得你还年轻，可能想多玩几年，怕万一发生意外影响你的职业规划，毕竟这种事情……"

陆勋垂眸继而道："女人要承担得更多，我不能图一时快活不顾你的感受，让你为难吧？"

这句话砸在阮茶的心脏上，像绵软的糖，让她的心一下子就融化了，可同时，也在懊悔自己的不懂事。

陆勋见她不吱声，继续道："我没你想象中的那么有钱，能到处买房，也不是什么富二代，我家里很避讳这方面你应该清楚。在部队那些年，我用钱的地方很少，所以有些积蓄，回来后除了你知道的'速搏'每年有点红利外，上次去成都也是考察投资项目的，这两年总共投了两个餐饮项目和一个科技公司，在谈的不算，这些陆续都产生了点利润。

"另外，前几年回来后弄了点股票和基金，不算多但是这两年也没动过，涨幅应该还可以，如果你感兴趣以后给你打理。还有的话，就是八年前在天津买过一套房，现在市值还不错，我退伍回来前，家里人把房子装修了一下本来准备给我结婚用的，你要是介意，我回去以后把那套房出掉，你想在哪里重新买，我们就在哪里安家。"

听到这里的时候阮茶的心脏已经开始狂跳不止，可接下来陆勋的话更是让她无法招架。

他接着说道："我打算用这两年在项目上赚的钱创立一个户外运动品牌，这是我一直比较想干的事，关于经营选址也是我们最近探讨的问题，昨天晚上把合伙人一起喊着吃饭，主要目的是想说服他们落地杭州。"

阮茶双眼骤亮，有些出乎意料地盯着陆勋，都要瞧出星星眼来了，忐忑地问道："你的意思是？"

陆勋轻柔地摩挲着她的手背："我的意思是打算来杭州定居。"

阮荼的眼眶瞬间就湿润了，她昨晚还猜忌他身边有女人，却不知道在她看不见的地方，他在为了他们的未来谋划。她突然感动得说不出话来。

陆勋抬起手捏了捏她的脸蛋："怎么还一副要掉眼泪的样子？不欢迎我啊？"

阮荼控制不住地扑进他怀里，问："你离开天津你爸妈没意见吗？"

"本来选址在广东，我还是得离开家里。可能我十几岁就不在家待着了，我去哪儿他们也不怎么过问。"

阮荼的身体往下滑了点，陆勋再次将她往上抱了抱对她说："虽然基础准备工作都差不多了，不过初期肯定要投入一定的精力和资金，大家也是头一回在这条路上摸索，后面会有什么发展我没有绝对的把握，但我可以向你保证，不会让你或者以后的孩子为生活担忧。"

阮荼捂着滚烫的脸颊，喃喃道："你想得太长远了。"

陆勋却笑道："不算长远了。我这个岁数，其实家里人一直想让我安定下来，本来我担心跟你聊这些会太早，想着再相处一段时间。不过你既然觉得对我一无所知，我也不介意加快进度，我接下来一周要和合伙人对接工作，等忙完这阵子，下个月吧，我接你去天津见我爸妈,他们会喜欢你的。"

阮茶的脸颊越发烧得厉害,瞠目结舌地直起身子:"这……也太快了吧?"

阮茶突然感觉她和陆勋的关系从早上开始就按下了快进键,交往三个月就要见家长这的确让她有些蒙。

陆勋看着她打趣道:"你都要给我生娃了,这还快吗?"

"我什么时候说要给你生娃的?你胡说!"

陆勋掐着她的腰弄得她痒痒的,在她耳边问:"真不生啊?"

阮茶被他弄得心里酥麻,身体软了下来依偎在他怀里。一下午时间他们除了做了顿饭几乎全在聊天,陆勋说了很多他小时候的皮事,还有在部队发生的故事,只要是阮茶想听的,他都毫无保留地告诉她。

短短几个小时他们心的距离拉近了不少,可陆勋始终很克制,顶多抱抱她,亲她一下,没有其他多余的动作,和往常都不太一样。

阮茶不知道是不是昨天那条信息让他有了顾虑,他也许不想每次占有完她就离开,所以今天才会格外克制。

可阮茶是想他的,她总是不安分地在他怀里动来动去,还有意无意地撩拨他。陆勋到底是个血气方刚的男人,怀中坐着这样一个小妖精,很难坐怀不乱。

陆勋说着话,阮茶又一次忍不住凑上去轻轻咬着他的下巴时,陆勋终于忍不住将她的腰提了起来压到了沙发上,气息滚烫地问道:"你是不是想了?"

阮茶眼里沁着柔情蜜意,让陆勋彻底失控。

虽然阮茶时常苦恼自己过于傲人的身材,比如很多衣服她并不能穿,可她的身材却满足了陆勋的征服欲,他像驰骋疆场的战士,弄到她投降为止。

晚上,陆勋照例将阮茶送回家。阮茶亲密地挽着陆勋紧实的胳膊,一路上有说有笑,直到走进小区里偶然碰见正好也回来的阮妈。

阮妈从进小区大门其实就看见他们了,还有点不敢相信那个挽着个帅小伙的是自己的女儿,直到在楼下碰面,她才停住脚步。

阮茶看见自己老妈大包小包跟跑去进货的造型,眼皮子跳了下立马松开陆勋的胳膊,紧张得语无伦次:"你怎么,怎么才回来啊?"

阮妈愣过一瞬后,说道:"我还问你呢,一大早跑出去现在才回来。"

说完,阮妈看向陆勋,默默打量着他。

陆勋已经瞧出了她们的关系,阮茶的眼睛和她妈妈如出一辙。

相比阮茶的慌乱，陆勋倒显得从容许多，他回视着阮妈，笑着说了声："阿姨好，我叫陆勋。"

这样毫无预兆的碰面让阮妈也显出一丝尴尬，客气了一句："你好你好。上家里坐坐？"

阮茶低着头，想原地消失，听见陆勋回道："太晚就不打扰了，明天白天您和叔叔在家吗？方便的话我过来拜访。"

阮茶愕然抬头拽了下陆勋的袖子，动着嘴唇："你明天不是订好机票回去了吗？"

陆勋眼里透出笑意，反手握住阮茶不安分的手捏了一下。

阮妈见状也反应过来是怎么回事，笑道："在，都在家，来家里吃饭。"

"好。"陆勋也应得爽快。

阮茶站在旁边听着他们就这样把事情敲定，仿若没自己什么事一般。

她对阮妈说："妈，你先上去，我一会儿上来。"

阮妈和陆勋招呼了声，便上楼了。

她一走，阮茶就迫不及待地转过身瞧着陆勋问道："机票怎么办？"

"改签。"陆勋回得干脆。

阮茶不安道："你真来我家啊？"

"还能有假的？都碰上了不登门拜访显得我多没礼数。"

阮茶急道："不是，我的意思是你现在上门，我爸妈会以为我们要谈婚论嫁了。"

陆勋眉眼漾开笑："那就顺便谈一谈。"

"你说什么？"

"我说，明天找你父母谈谈把你嫁给我的事。"

止不住的笑意像清澈的波纹在阮茶的眸中荡漾开来，如花似梦。

…………

游泳，是为了上岸。

他们脚下的路就是对方的彼岸。

- 正文完 -

番外 / 纸船

接到老首长的电话时，陆勋正在"速搏"二楼平台，久违的声音把他的思绪拉回到刚进部队的那年。他是老首长看着长大的孩子，年少时血气方刚，也曾犯过错跟队友起冲突，连着被罚夜跑五公里，饥肠辘辘苦不堪言。

班长问他知不知道哪里错了，十八岁的男孩梗着脖子一脸倔强，多少个夜晚他空着肚子大汗淋漓地独自坐在墙角，眼里是不肯服输的火苗。

那一天首长走到他面前问他"苦不苦"，他紧着牙根一言不发。首长告诉他一个合格的中国军人需要经历千锤百炼，才能成为那道屹立不倒的城墙驻守国门，无论是炼身还是炼心。

说完他把年少的陆勋带回房间往陆勋怀里揣了几个包子，那几个包子的恩情伴随着陆勋十几年的军旅生涯。

他退伍的那一天去和老首长告别。老首长看着他耳朵上的助听器，眼眶微润地对他说："一定要好好的。"

离开部队后，他独自一人来到杭州，这里没有他的家人，也没有朝夕相伴的战友，他就这样打算在异乡度过生命中最灰暗的日子。他需要自己站起来，他的自尊心不允许曾经相熟的人看见他狼狈脆弱的一面，于是他选择了这座陌生的城市。

再听见老首长的声音从电话里传来，陆勋夹着烟的手有些微颤，仿佛曾经那些信念和抱负揉成一团不甘的情绪堵在心间，躲不掉也驱不散。

"我听说你没回家里，接下来有什么打算？"这是老首长问他的话。

有什么打算？他似乎没有任何打算，接下来的路白茫茫一片。

"我家里人找到您来游说我？"

电话里传来一阵浑厚的声音，老首长笑道："性子还是那么烈。你家人自然有他们的考量，但我打这通电话给你不是这个目的。"

"三军可夺帅也，匹夫不可夺志也。"这是老首长挂电话前对陆勋说的一句话。

陆勋掐灭了烟看着楼下川流不息的街道，忙碌的行人奔赴他们所要前往的终点，对面一排店铺里是商贩匆忙的身影，站在路边的健身教练们发着"速搏"的开业传单。

迎着快要西落的斜阳，一个年轻女孩站在奶茶店前等叫号。传单发到她面前的时候，她才将视线从手机上移开，一张略显青涩的面庞。

女孩耐着性子听完健身教练的营销，眼神不时瞄着奶茶店的叫号器，有些不知所措的样子。

等健身教练走后，她将手中的开业传单折成小小的方块慢慢挪到了垃圾桶旁，转眸却和健身教练对上视线，她尴尬地收回手中的传单又重新走回奶茶店。

陆勋的视线落在那道身影上，想看看她接下来会怎么处置那张无处安放的传单。

她一直背对着他的方向，等再次转过身时手中的传单成了一只小纸船。临走时,女孩将用传单折成的纸船放在奶茶店旁。好似突然想起什么,她回过身看着"速搏"的方向,夕阳半落,染红了她的发丝,他看清了她的样子。

离开"速搏"时已夜幕降临,路过奶茶店他看见小纸船还安然地放在这里。记忆中曾经有人也折过一只这样的纸船,那个人是他最亲密无间的战友广凯,广凯告诉他:"我老婆下个月就要生了,等孩子大点后我就教他折纸船,以后有什么烦恼了,跟着纸船漂浮的方向就能找到出路。"

"什么出路?"

"上岸啊。"

可最终广凯没有等来期待已久的孩子,永远长眠于那片海。

而陆勋不得不背负着这个残忍的烙印活在炼狱之中。

他忽然停住脚步回头望着那只纸船,鬼使神差地伸出手去。

夜里,他再次梦见那场意外。梦里的景象如此逼真,孩童的啼哭声、广凯挣扎的眼神和冰冷刺骨的海水,这样的梦魇日复一日折磨着他。从梦中惊醒时他已一身冷汗,漆黑的房间密不透风,像巨大的深渊一点点将他吞噬。他狠狠捶了两下沉闷的胸口,转头之际看见了那只纸船,安静地躺在他的床头。如果真能带人找到出路,那么他的岸呢?

…………

没人知道那一年陆勋是怎么过来的，他和人接触时与常人无异，尽管少言寡语、独来独往，但依然是个谦和的人，可下了水后的他仿若进入了另一个时空。在那个世界里，有他死去的战友、汹涌波涛的海浪和绝望的苍穹，他仿佛变了一个人，似凶残的逆戟鲸，试图与天地为敌，杀出重围，尽管医生告诉他，他有环境应激的强烈反应，应远离水体，可陆勋偏偏反其道而行之。

他像个没有情感的机器，为自己制订出一套严格的训练计划，无论刮风下雨、四季更替，他总会准时出现在这片泳池。久而久之，那道跨不去的障碍从一堵墙变成了无形的影子，虽然不会再阻挡他，但依然如影随形。

记不得是哪一天，他去办公室签批课时单，遇见一个冒冒失失的女孩，上来就缠着他让他做她教练。为了不让陶主管为难，他没有当场回绝。

稍晚些的时候，女孩再次找到他，询问一些游泳课程要准备的东西。奇怪的是，他总觉得面前这个女孩有些面熟，似乎在哪里见过，却始终想不起来。意外的是在和她的交谈中，他在她身上找到似曾相识的感觉，他说不上来为什么。

也许正是因为这种熟悉感，让他想一探究竟。

和女孩的第一节课,她就做了详细的自我介绍,他知道了女孩的名字,叫阮茶,她告诉他,因为她爸爸喜欢喝茶。

她总是有很多问题,好像他一定就能解答她的天马行空。

每天见到他,阮茶就化身为"十万个为什么",然后弯着一双大眼巴巴地望着他。她的眼睛长得很灵动,笑起来有弯弯的卧蚕,让他想起平静无浪的海面下泛起的波光粼粼。

然而几天下来,陆勋终于知道第一次与阮茶交谈时她身上似曾相识的感觉从何而来了。他慢慢发现阮茶对水的恐惧异于常人,这或许是个旱鸭子惯有的表现,可他却在她身上看见了一年前的自己。

也许是从那一刻起,"把阮茶带出来"成了一种无形的责任,不知道为什么,他觉得有必要帮助她得到解脱,他不想看见这种恐惧伴随着这个女孩一生。

他推迟了回天津的行程,推迟了自己的婚约,推迟了和家里人约定的时间,他为了她制订了一套全新的课程计划表,就连晚上入睡前,他都在思考第二天如何让课程推进得更顺利,在保证她心理状态良好的前提下。

在吐露完自己的经历后,阮茶对他彻底放下了戒备,也更加信任他,她总会在休息的时候像只百灵鸟一样围着他打转,除了自己带过的新兵，没有人对他毫无保留地信任。他乐于看着她叽叽喳喳的样子，她描述一件事的时候总是连比画带挥舞的，整个人在他眼中都是鲜活生动的，让他日复一日枯燥的生活有了点值得转移注意力的波澜。

难得的是，每天和阮茶相处的这一个小时课程里，他的内心得到了前所未有的平静，好像本来萦绕在他心头挥之不去的劫难短暂地被另一件事所替代了，让他的困苦暂时得以搁浅。

到后来他也不知道，到底是这个女孩寻求他帮自己摆脱恐惧，还是他试图通过教会她上岸得到内心的救赎，可有些羁绊就这样悄无声息地缠绕在一起。

虽然他成年后的绝大多数时间都待在部队，鲜和异性接触，可是在阮茶向他请假的那天，他还是察觉出了异样。

他本以为这样停课两天也好，只是让他没想到的是，他会梦见她。在她没来上课的那两天里，她走进了他的梦中，让他充满血腥的梦里有了片刻安宁，伴随着一只纸船摇晃的样子。

再次见到她的时候，陆勋终于理清了那熟悉感的根源，他见过她，在一年前。

可这丝丝缕缕的缘分似乎无从提起，对于面前的女孩，他多了一些特殊的情绪。

在她被一群孩子挤到池底的时候，他会紧张得一跃而下将她捞起。他也无从理清这种情绪从何而来，好像他没有这么在乎过一个女孩的安危，但他希望她好，由衷地希望。

他也知道她终归会靠自己的努力游上岸的，老天不会亏待任何一个持之以恒的人。

结课的那天，他看出了她的失落，他想为她游一场蝶泳，满足她的小小心愿，好像，这是他唯一能为她做的事了。

隔着二十五米的泳道，那是他们最终的距离。

从更衣间出来先后几个教练跟陆勋打着招呼，闲聊着最近球赛的战况，他有些心不在焉，甚至觉得有些聒噪，便独自走到外面的二楼平台透透气。

当阮茶跑到他面前满眼希冀地望着他时，他便已经看出了她的心思，刚进社会的女孩到底心思单纯，喜怒哀乐都摆在脸上。

他最担心的事情还是发生了。他无意伤害她，他在杭州无牵无挂，明天就会离开这座城市回归他本来的生活，担负起自己该承担的责任。

只是临走前他最放不下的就是这个他一手带出来的徒弟。

他不知道他离开后，她还会不会坚持来练习，也不知道离了他后，她能不能在水下应付自如，更不知道他的离开会不会对她造成伤害。

他只能在事情往更糟糕的方向发展前及时制止，给全她体面。

最终，她没有为难他。

他心疼她的小心翼翼，心疼她的假装坚强，也心疼她的善解人意。

但这些情绪他只能藏在心底。他无法给她任何回应。有那么一两秒他生出了一种从未有过的冲动，可成年人的世界里，除了冲动，更多的是责任。

望着她离去的背影，他好像经历了漫长的一生，就像他曾经辉煌的征途一样，留不住，忘不掉。

她回首望向他，在她的身影消失前对他说"保重"。

他听懂了。

陆勋来杭州住了一年，东西并不算多，整理床头抽屉的时候，在里面发现了一只小纸船，他都忘了它的存在，竟然就这样陪着他度过了整整四季，他顺手将其放入口袋。

上了飞机后，他将手机关机放进裤子口袋再次摸到了那只纸船，在腾空的那一刻他将纸船拿了出来。窗外是湛蓝的天际，小小的纸船乘风破浪跟随着他从地面飞入高空，他的视野突然开阔起来，好像就是那么一瞬间的事儿。看着手中的纸船，他突然找到了出路。

回到家后的陆勋拒绝了走仕途这条路,从他腾飞至高空的那一刻起,他就已经做出了决定。

"三军可夺帅也,匹夫不可夺志也。"

他的志向在远方,他想要创出自己的一片天。

后来的结局早在他下定决心的那一刻就既定了,被家里人施压,被昔日好友评头论足,直至被悔婚,这一件件、一桩桩不如意的事情向他砸来都没有动摇他想独自闯荡的决心。

他更换了手机号码,让人生清零重新开始。

那两年里他的身体是疲累的,各地奔波,结识各圈层的人,有时候一觉醒来都不知道自己在哪座城市,但整个人的精神面貌却焕然一新。他没有因为家里人的阻挠、身边人的口舌从而停下脚步,相反,他好像重新拾回了自己的方向,并为之拼尽全力。

偶尔,他还会想起那只小纸船,想起那个爱笑的女孩,像午后的清风吹拂着他的满身疲惫。

阮茶无疑在陆勋心里是个特殊的存在,虽然他们的缘分浅薄,甚至没有机会进一步了解对方,但她是他那段灰暗的人生里唯一的光亮,把她带出来的过程对他来说也是一种心灵的安慰。

如果那个时候他不是肩负责任,还会不会留在杭州、会不会和这个女孩有更多的可能,他也想过这个问题。

　　只是原本就陌生的两个人一旦失去了交集,那么就不再有"假如"了,他想她会有自己的生活,爱笑的女孩日子里应该满是阳光。

　　再次遇见她是在成都的机场。缘分有时候就是这么奇妙,兜兜转转间,他听见了熟悉的声音。

　　"教练。"

　　也只有她会这么叫自己。他朝她大步走去,看见她朝自己伸出手,她的样子有些慌乱,当那双熟悉的眼望着他的时候,他情不自禁地攥住了她,她的手很小,柔软无骨,让人生怜。她语无伦次地说着话,所有人都在催促她,她急得快要掉泪。理智让他放手,内心却被她的反应牵动着,就好似那年看着她被一群孩子挤到池底,他无法平静。

　　那几天是他最忙的时候,他没有空闲去理清阮茶遇见他后的神情。他自认并没有为她做过什么,他们的交集也不足以让一个女孩心系他整整两年,在现在这个快节奏的社会,这几乎是不太可能的事,可她满眼通红的样子到底在他心里泛起了涟漪。

　　没想到很快他们迎来了第二次偶遇。这一次他盯着她笑了,他不太相信缘分这种东西,但上天又一次把她送到了他面前,他觉得应该做点什么,起码应该停下脚步去更多地了解眼前的女孩,了解她过去两年的生活，了解她的现状，了解她对他的感觉。

他不动声色地将信号扔给她，她机敏地给了他回应。他们在展会的走廊匆匆相见，她成熟了，比起两年前刚进社会更加有魅力，举手投足之间是大胆的试探，她凑近他，问他："只想要照片吗？"

他差点中了她狡猾的圈套。

晚上他忙完回到酒店餐厅，意外地看见她和一个男人在一起吃饭，本以为只是同事，未承想出门的时候撞见那个男人向她表白。看见男人抓住她的手腕，他心里竟然生出了一丝微妙的情绪，他想，他要的可能不只是照片。

在她发信息给他的时候，他邀她来到了泳池。

他不得不承认眼前的女孩对他来说有种特殊的吸引力，她故意俏皮地喊他"师父"的时候，她耍赖爬到他背上的时候，甚至那一次次用手指小心翼翼触碰他的时候，他们之间仿佛有着千丝万缕的联系，就像冥冥之中。

从前那无从理清的情感禁锢在现实的束缚中，如今再次相遇，没了那重枷锁，他们的关系变得轻松自在，他不用再刻意压制对她的情绪，也不用考虑那些他无法承担的后果，后来的一切便自然而然地发生了。

虽然有些快,但气氛恰到好处,对的人,对的相遇,两颗心的纠缠。

事情发生是尊崇本心,他在她眼里看见了柔情,他想独占这抹温柔。他很少会对异性有如此强烈的冲动,但在这个女孩身上,那长达几年的苦难得到了救赎,像游荡的船只终于停摆靠岸。

她睡在他身边的时候,他的内心是安宁的。

是夜,她悄悄离开,他缓缓睁开眼后看着桌上的纸团,不知道是她忘记带走了她的秘密,还是故意留给他。

他起身走到吧台边拿起那些未打开的小纸团,在其中一张纸上他看见这么一句话:我爱了你整整两年。

他推开阳台的门迎着夜里的微风,内心久久无法平复。

他以为两年前天台一别,他把话说得那么彻底,她过不了多久就会忘了他。

他以为当年相处的短短二十几天终会随着时间的流逝成为彼此的回忆。

他以为再次重逢之后才让她想起那段时光,从而一发不可收拾。

未承想,所有的起缘都被那只小小的纸船牵连着,他们各自守护了两年的秘密在这个春天的夜晚绽开了花。

当朝阳的第一抹光辉染上大地的时候,他想,他要用余生善待这个女孩。

他的女孩。

作者后记

循环梦境

梦境是人类心理活动的一种反射，从心理学上来说，人总是反复做同一个梦，那么做梦者的心里面，埋着一个没有解决的问题，名词叫作"情结"。

我遇到过有人这样跟我说过，他们总是会梦见高考。梦里的内容要么是临考试了，永远找不到笔；要么是离考场几步路的距离，就是怎么走都走不到。可想而知，高考这件事，给很多人的一生带来了不可磨灭的痕迹。

也有人说，梦里总在爬楼梯，不管怎么爬，都会一脚踩空，失重感在梦里格外逼真，有时候会被惊醒，有时候又困在梦中怎么也爬不起来。

如果有梦境剖析师这样的职业，是不是能够透过一个人的梦境，找到她或他心里的"情结"。

总的来说，我听过绝大多数人的梦境，都是有迹可循的。存在于过去经历过的某个人生片段，某个电影镜头，某个小说里的情节。这些画面在不经意间被大脑神经元捕捉，然后在一个悄无声息的梦里，以特殊的方式循环播放。

我有过三个循环播放的画面，第一个是一个人。

我和他是幼儿园相识，无非是童年伙伴，一起玩耍，一起成长。我们有过很多共同的经历，比如那些自创的荒谬游戏；比如跑去离家很远的地方，进行孩子们所谓刺激的探险；再比如面对着面，两本作业本、两支笔，树桠晃动，蝉鸣在叫。

后来有一天他突然搬走了，一个每天推开门就能见到的人，就这样一声不响地消失在生命中。自那以后，我经常会梦见他。

无论我从少年到青年，再长成一个大人的模样，他在我的梦境中永远是孩童的样子。明亮的眼睛,阳光洒满面庞的笑容,挥洒汗水的极速奔跑,再回过眸对我笑。我也仿佛变成了一个小孩子,在这个梦中,我和他停留在相同的年纪,跟着他的身影追逐,毫无顾忌去信任。但是,在梦里,无论我怎么跑,永远不可能追得上他,他总是像一阵风,消失在某个拐角,某个居民楼的楼下,抑或是无垠的草地上。

我想,是因为当年的不告而别,是因为那懵懂情感的无处宣泄。在我成长的很多年里,这个梦境一直尾随着我,成了一个甩不掉,却也触不到的幻境。每次醒来后,总能让我恍惚很久,这种恍惚掺杂着一种说不清道不明的遗憾。

我总在想,那样一个在我人生漫漫长河中,没有激起任何波澜的童年伙伴,为什么会屡屡进入我的梦中,这个问题困扰了我很多年。

我梦见他多少年,就想了多少年,始终没有答案。

我忘了是哪一天,那时候我的生活已经趋于平淡,人生的波涛、激烈、沉浮都已成过眼云烟。便是那么一个不经意的瞬间,我想明白了。

或许,我梦的不是他,而是童年和他在一起时的我。那个永远在奔跑,懵懂、无知却又对未来充满信念的我。只是透过他,带着我回到了童年。那些一直以来参不透的遗憾，是人生不能重来的执念。

自那以后，奇迹般地，我再也没梦见过他。那个存在于我梦中十几年的人，就和当初一样，一声不响地消失了。

第二个循环播放的画面，是关于一架客机。

说来荒谬，我上学的那个时候，基本上没有什么机会坐飞机。可是每隔一段时间，梦中总会出现这么一架客机。我抬起头仰望，它很小的一点，我以为它会飞过去，然而它总是在极速坠落。梦里的我，每一次都吓得抱头鼠窜，即便醒来后，也总是满脸怔忪。

后来我离开了学校，进入了工作岗位，由于工作性质的原因，经常需要大江南北到处飞，飞机成了我节约时间的必要交通工具。我以为从前的梦境是对一样事物的不熟悉、不了解，从而产生的恐惧。

当我频繁搭乘飞机后，这个梦境并没有得到缓解，反而变本加厉。梦中的客机不再是天际边遥远的星点，它变得具象化，也越来越近。

有时候我在高速上行驶，它会突然掉落在道路前方，失控地砸下来。

有时候我坐在一片湖边，它擦过一座座矮房，坠入湖里，溅起可怕的水浪。

不同场景，几乎是一样的走向，它总会在离我很近的地方掉落下来，我又好像开启了某种梦境保护模式，没有一次被真的砸中。

饶是如此，梦里那种强烈的压迫感依然如影随形。

我曾经有个老领导，同他出差的时候，他从不坐飞机，哪怕去再远的城市，自驾三天两夜，都不会选择更为便捷的空中交通。我们跟着他舟车劳顿，难免心生抱怨。

后来据他所说，他年轻的时候，有一次去机场送别朋友。临别前，互相拥抱、道别。朋友登上航班，他远远目送，飞机起飞的瞬间失了控，冲出跑道，迅速撞地当场爆炸，那次事故飞机上一百多名乘客遇难。领导的这位朋友也在其中。可想而知，前一刻还在谈笑，约定下一次见面的时间，转眼便阴阳相隔，对我这位领导造成了多大的心理冲击。

知道这件事后，我想起这个伴随我多年的梦境。逐渐地，我产生了强烈的心理暗示，我担心这是一种不好的预示，否则无法解释，为什么这个梦伴随了我多年。

当然，我至今能够安然地坐在这里写下这篇随笔，说明我还安好，那么这个无解的梦境就交由未来去解答。

要说起第三个循环播放的画面,那么就跟这本书有关了。

很大程度上,也是我写下这本《上岸》的原因。

这个梦境就是——溺水。

溺水是一种濒临死亡的体验,它诠释了人的无助、绝望、恐惧。

对于不会水的人来说,水下的世界充满未知,正是因为未知,往往很难踏出那一步。是心里的抗拒、畏缩、胆小。

于是我在梦里,一遍又一遍尝尽了溺水的滋味。

其实生活中,我真正溺水的次数并不多,儿时的那些记忆,不足以像书中阮茶那般危及性命。

真正让我觉得,这是一件必须要去克服的事情,是有一年,同一个孩子在温泉池里。池水很浅,到孩子腰部以下,她玩得很开心,不停地在水里走来走去,或扶着边上的瓷砖,让腿浮在水面上。

在我看来这是一件很安全的事情,我起身去拿毛巾,不过就两步的距离,再回来时,那个孩子头栽在水里。她应该是在试图从水里爬起来,不知道为什么,明明水那么浅,她就是爬不起来,头刚探出水面,又滑进水里。

周围有不少人,但是没有一个人伸手捞她一把,或许都认为她在调皮玩闹。我发现了她,扔掉毛巾捞起那个孩子。

孩子的头一探出水面,就吓得撕心裂肺地哭了起来,哭声震天，在场的所有人都望了过来。

不管怎样，她还能哭出来，还能清晰地感觉到害怕。如果再迟一步呢？如果大家都没有发现呢？一眨眼的工夫，便会酿成不敢想象的悲剧。

这件事让我感到了后怕，我头一次直面困扰了我多年的梦境。

我去学游泳，很大一部分原因，是有一天当我的家人，我在意的人遇到危险的时候，我起码有能力救他们，这个信念支撑着我踏进游泳馆。

与其说，我去学习游泳这项运动，反倒更像是去克服内心的恐惧。

这是我对《上岸》这个故事的初步设想。

我从对水的恐惧，到慢慢适应，再到享受这件事，整个过程用这本小说记录了下来。

有读者打趣，说看这本书时，仿佛在看文字版的游泳教程，让人产生学游泳的冲动。如果能起到这样的作用，我感到欣慰。

我想这跟我的亲身经历有关，我在学习游泳这项课程的时候，比寻常人耗费的时间都要多。

那么可能大家要问，我学会了后，还会做溺水的梦吗？

没有了，后来那个梦魇消失了。

我还是会经常梦到在水里，后来梦里的场景是愉悦的，自由自在遨游的畅快感。

如果哪天我梦到这样的画面，第二天往往会带上装备，前往游泳馆痛痛快快游几个来回。

是的，我找到了救赎的办法，并完成了自我救赎。

在《上岸》这本书里，我将自己的全部勇气与鼓舞幻化成了陆勋这个人物。

人的一生总有各种各样难以跨越的坎，难以忘怀的人，难以抵达的彼岸。

我坚信总会有路径，能够带我们找到开启梦境的钥匙，它也许藏在街角的一棵榕树下，也许藏在突如其来的一阵风里，也许藏在内心深处的某个角落。

交给时间吧，时间自会带我们去到那扇门前。

如果有一天，你走到了心门口，不要气馁，找到那把钥匙，打开它，门后会是意想不到的景象。

是新生，带我们脱胎换骨。

是醒悟，带我们勇往直前。

是一艘游游荡荡的小船，穿越荆棘、火海、泥沼，把我们送上岸。

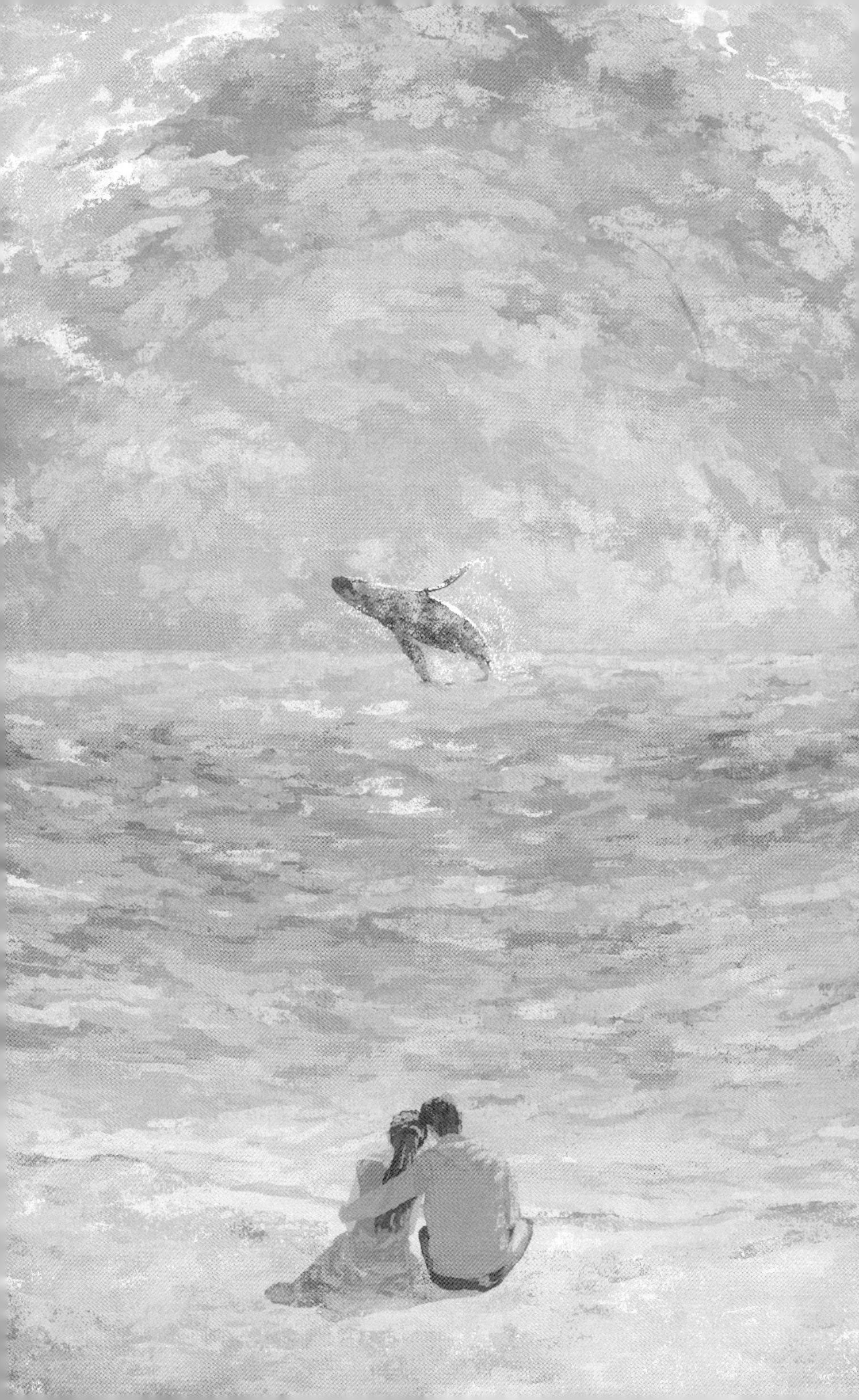